中公文庫

吉行淳之介掌篇全集

吉行淳之介

中央公論新社

吉行淳之介掌篇全集　目次

吉行淳之介掌篇全集

肥った客

小さな酒場である。

店の中にいると、階段を降りてくる足が、まず眼に入ってくる。足の入った靴と、脚の入ったズボンがみえ、やがて胴体と頭がみえてくる。

階段を降りてくる人物は、すべて客とは限らない。しかし、常連の客ならば、靴とズボンあたりで見分けが付く。なによりも、階段を降りてくる歩き癖で、見分けが付く。

胴体か、顔の現れないうちに、

「いらっしゃいませ」

と、声をかける。

顔が現れて、ようやく声のかかる場合は、だいたい初めての客とおもってよい。

初めての客のときには、その小さい酒場のマダムは緊張した素早い眼で、相手を値踏みする。危険な客か、有望な客か、判断を付けようとする。

冬の寒い夜のことだ。店の中は、閑散としていた。

扉の開く音がして、女の子たちの耳は猟犬のようにぴくりと立った。階段を踏む足音がして、靴がみえた。コードバンのピカピカ光る、高価そうな靴である。ズボンがみえ、外《がい》套《とう》につつまれた胴体がみえ、顔がみえた。はじめての顔である。もう若くはないようだが、年齢が判断しにくい。

「いらっしゃいませ」

階段を降り切ると、その男は立止って、ゆっくり周囲を見まわした。床の上を、ゆったりした足取りで、ボックスの方へ向った。裕福な中年男の姿勢で、年齢の曖昧だった顔つきもはっきりと四十の半ばのものに定まった。

値踏みができたので、マダムがその男の腰かけたボックスへ歩みよった。

「オーヴァーを、どうぞ」

外套の袖にかるく指先を触れて、マダムはそう言う。ひどく高価な布地だわ、とおもった。

「そうゆっくりもしておれないから、このままで」

向い合って、坐った。

「スコッチ・ウォーター」

と注文して、客はもう一度、ゆっくり周囲を眺めわたし、

「いいお店ですね」

「ありがとうございます」

「あなたが、マダムですか」

「はい」

「お若いのに、えらいですね」

「あら、もうおばあさんですわ」

「いやいや、そんなことはない」

客はマダムの唇のあたりに視線を向けて、呟《つぶや》くように、しかし相手に聞えるように、

「きれいだ」

遊び馴《な》れた感じの客である。

「お上手ですこと」

「いや、ほんとのことですよ」

「うちは、おはじめてでしたわね」

「通りがかりにね、入りたくなるような店構えだったもんで。そのカンは狂わなかった」

ウイスキーの水割りと、ピーナッツが運ばれてきた。客は、コップに口を当てると、

「この水は、ミネラル・ウォーターですか」

「はい」

「そう、その方がいい。やはり、ミネラル・ウォーターを使った方がよろしい」

いくぶん、押しつけがましい感じがあった。

客は、ピーナッツを一粒、指先でつまむと、眼の高さに持上げて、ちょっとの間検《しら》べるように眺めた。そして、皿にかるく投げ戻すと、

「松の実はありませんか」

「松の実ですか、置いてございません」

「この店には、松の実の方がいいですね。ピーナッツより、その方がよろしい」

若いマダムは、いくぶん癇が高ぶってきたが、穏やかに返事した。

「申し訳ございません。今度おいでになるまでに、揃えておきますわ」

そして、あらためて客の顔をみた。

薄く顔の皮を剝いだような、薄桃いろの皮膚である。

肥ったまるい軀《からだ》つきで、顔もまるい。

「ずいぶん、いろいろなところへいらしてらっしゃるんでしょう。一流のところばかり」

マダムは、皮肉に言った。

「いえ、そんなことはありません」

「お座敷のほうが、お好きなんでしょう」

「いえ……」

客は敏感に、マダムの不機嫌を悟り、言い訳する口調で言った。しかし、奇妙な言い訳だった。

「気に障ったら、ごめんなさい。なんだか、このお店が、自分の店のような気になったものだから」

「あら……」

咄嗟《とっさ》の返事に窮し、マダムは口を噤《つぐ》んだ。

「一週間ほど前、K市に旅行したらね、おもしろいことがありました」

客は、ふと思い出した様子で、そう言う。裕福な、遊び馴れた姿勢が戻ってきた。この小さな酒場にとって、有望な客の感じに戻った。

マダムは、こだわった気分を捨てて、聞き耳を立てる顔つきをつくった。

「どんなことですの」

「わたしがK市の駅を出ますとね、セーラー服を着た女の子が、寄ってきました。セーラー服ですよ、ほら、あの女学生の着ている……」

「ええ、ええ」

そこで客は、ふっと口を噤み、マダムの顔を眺めた。眼と眼が正面から合って、客の眼がすうっと細くなった。

「マダムも、もちろん女学生のときには、セーラー服を着ていたのでしょうね」

「ええ」

「よく似合ったでしょうね」

「さあ」

「あなたのような、痩せた、清潔なタイプのひとは、セーラー服がよく似合いますよ」

「……」

「いまでも、きっと似合いますよ。どうですか、着てごらんになったら」

「ご冗談ばっかり」

手の込んだお世辞だとおもい、笑って受流すつもりだったが、客はもう一度、その言葉を繰返す。

「どうですか、着てごらんになったら。お店で、着ていらしたら」

粘りつくような、執拗な調子である。

「まあまあ、こんなおばあさんを、からかっちゃ困りますわ。それよりも、お話のつづきを聞かせてくださいませ」

「そうですか……。それで、そのセーラー服の女の子が寄ってきて、わたしの右腕をつかまえて、自分の店へ行こうと誘うのです。つまり、バーの客引きなんですね。わたしは立止って、思案しました。すると、左の腕にぶら下った女の子がいるのですよ。その子も、やはり同じセーラー服を着ているのです。わたしは、右と左にセーラー服の女の子にぶら下られて、とうとうその子たちの勧めている店に連れて行かれました」

そのとき、階段を踏む足音が聞えた。この小さな酒場の女の子たちは、その方へ一瞥を与えただけである。それは当然のことだった。階段に現れた脚は、木綿の靴下につつまれた女の脚だった。

物売りの少女が、階段を降りてきた。四角いボール箱を片腕で支えて、客に近よると、

「おじさん、チューインガム、買って」

「おじさんだって」

男は、咎めるように言い、少女の姿をじろじろ眺めた。寒い日なのに、コートを着ていない。古びたカーディガンを、ワンピースの上に羽織っている。

「駄目だね。買わないよ。きみがセーラー服を着ていたら、買ってやったんだがね。え、

セーラー服は持っていないのか」

「お家に帰れば、あるわ」

　嘘を言っている口調だった。

「それじゃ、家へ帰って、着替えてきたまえ。そうしたら、たくさん買ってあげる」

「お家は遠いから、駄目よ」

「そうか。それじゃ、買わない」

　客はにべもなく言い、マダムの方に向き直ると、話のつづきを喋りはじめた。

「それでね、その二人のセーラー服の女の子に連れて行かれた店に入るとね」

　にわかに熱心な口調になった。

「そう、この店の二倍ほどの広さのところだったかな。それが、もう、満員。客でいっぱいなんですよ。隙間《すきま》もないくらい、客がぎっしり。なぜ、そんなにはやっているとおもいます、マダム」

　問いかける口調だったが、マダムの口を開かす隙を与えずに、

「その店の女の子が、みんな、そう一人残らず、セーラー服を着ているのですよ。まったく、いい眺めでした、素敵な眺めでした。そうおもいませんか、マダム」

　男は、店の中を見まわした。

閑散としている。女の子が三人、客のいないテーブルを取囲んで、じっと坐っている。

「マダム、この店の女の子たちに、セーラー服をお着せなさい。もちろん、マダムも着なくてはいけません」

不意に、男が立上った。

ずんぐりした体格である。

男は、頭に手をやると、七三に分けた髪の毛の中に指を突込んで、掻《か》きまわした。そして、五本の指を櫛のかわりにして、髪を前に掻きよせた。前髪を額の上に垂らす形にした。

そういう形にすると、男の毛髪の頂の部分が、まるい形に薄くなっているのが目立った。

その肥った男の客の垂れ下った髪の毛の下の眼は、偏執的に光っていた。粘りつくような、女性的な声をつくって、彼はこう言った。

「ママさん、あたしを傭ってくれなくって」

そして、指の付根にエクボの浮びそうなまるい両方の掌を持上げ、外套の襟に両手の指をかけると、ぐっと左右に胸元を押しひろげた。

「どう、ママさん」

左右に拡がった外套の下には、紺のリボンに飾られたセーラー服の胸が、大きく覗いていた。

眼鏡の女

眼鏡をかけた女と、痩せた男とが、向い合って坐っている。

薄暗い喫茶店の片隅で、あたりには人影がない。二人は、額をよせ合うようにして、小声で話をしている。

「どう、なにか面白いことはないかな」

男が、馴れ馴れしい調子で言った。

「もうすぐ、いいことがあるじゃないの」

女も馴れ馴れしい調子で答える。女の年齢は不詳である。もう若くはないが、さりとてそんなに老けてもいない。

「それはそうだが、そんなことより、もっとこう……、奇抜なことはないかな」

「そうねえ」

彼女は眼鏡を外して、相手の顔を眺めた。いくぶん斜視気味で、それが妙に色気を漂わせた。眼鏡のレンズは、おそらく素透しガラスであろう。

「あんた、男の人を五人ほど集められなくって」

「集められないこともないが、どういう男を集めるのかね」

「どうといって、むつかしい条件はないわ。遊び好きの男なら、誰でもいいわ」

「集めたら、どういうことになる」

「そうしたらね……」

そこで女は口を噤み、眼鏡をかけて、男の顔をあらためて眺めた。

「あんたとは、長いつき合いじゃなかったわね」

「そうだな、会うのはこれで二度目だね」

「まだ二度目なのねえ」

「そんなことは、どうでもいいじゃないか。こだわるなよ。こうやって話していると、昔馴染のような気がしてくるだろ」

「そういえば、そうねえ。あんたが人見知りしないせいよ。つまり、ずうずうしいのね」

「そうじゃないよ、おれたちは、気が合うんだよ」

「そうかもしれないわ」

女は、また眼鏡をはずした。

「五人集めるよ、そうしたら、どうなる」

もう一度、男が言った。

「あたしのほうも五人揃えるわ」

「それで、どうする」

「旅館の大きな部屋を借りてね、みんなで集るのよ。お酒を飲んで、クジ引きして相手をきめたらどうかしら」

「クジ引きじゃ、詰らない。そうだ、セリ市を開けばいい。ひとりひとりテーブルの上に載っけて、値段を付けてせり上げればいい」

「そうね、それも面白いかもしれないわね」

「それに、きめよう。すると、女の子はきみを含めて五人だね」

「あたしは別よ」

「かまわないじゃないか。そんなとき、遠慮することはない」

「それは駄目よ。女の子たちに、しめしが付かないもの」

「しめしが付かない、か。なるほど、そういうものかな」

「そういうものよ、だけど、あんた、特別の催しなんだから、会費はたくさん弾んでよ」

「それは、分った」

男は椅子の上で大きく一つ伸びをして、あたりを見まわした。

「それはそうとして、遅いじゃないか」

「もう間もなくよ」

「しかしね、きみ。今夜だって、間もなくここに女の子が一人くるわけだ。すると、おれがその子と一緒に、この店を出てゆく。あとには、きみが一人で残される」

「そうね」

「今度の催しだって、男は五人、女はきみを入れて六人だ。五人の男が五人の女と、どこかへ行ってしまう。あとには、きみが一人で残される。どうだね、困りはしないか」

「困る、って」

「刺戟だけされて、あとは放ったらかし、ということさ」

「そのことなら、ご心配なく」

「あ、そうか。これは愚問だったな。ご亭主は、どんな人」

「その種の男は、いまはいないのよ」

「それじゃ、困るじゃないか」

「あたしだって、遊ぶことはあるわよ。あたしを誘ってもいいのよ、あんた」

「そうか、これはうっかりしていた。これから、どうだろう」

「今夜は、あんた先約があるじゃないの」

女は眼鏡をかけると、不意に言った。

「困ったときには、牛乳瓶を使うのよ」

男は不意を打たれた顔になり、

「あんなものが使えるのか」

「使えるわよ」

布団の上に牛乳瓶を直立させておき、その上にしずかに腹這いになるのだ、と女は説明した。

「さっぱりして、よく眠れるわよ」

「へーえ」

そのとき、約束の女が近よってきた。背の高い、若い女である。

「どう」

と、眼鏡の女が眼くばせし、男はうなずいた。取引は、すぐに終り、男は若い女と連れ立って出てゆき、喫茶店の椅子の上に眼鏡の女がひとり残された。

その初対面の若い女と、男はすぐに旅館へ行った。

旅館を出ると、女が言った。

「ちょっと、あたしの家へ寄っていらっしゃらなくって」

好奇心を起して、彼は女について行った。小さなアパート風建物の、階下の一室が彼女の部屋である。

あるいは、と警戒する心も動いていたのだが、その部屋には男の住んでいる気配は全く無かった。女の一人暮しの部屋のたたずまいである。

その部屋で、女はハイボールをつくってくれた。

「今度から、直接ここにいらしてもいいわ」

「電話は」

「電話は無いの。それから、あのマダムには、あたしの家へきたことは黙っていてね。マダムには、家の場所を教えてないのだから」

これは、彼女と直接取引のことを口どめするための言葉だと、彼は受取った。

「よし、分った。気が向いたら、くるよ」

「そう、気が向いたらね」

数日後、薄暗い喫茶店の片隅で、痩せた男と眼鏡の女とが向い合って坐っていた。
あたりを憚る小声で、話し合っている。

「それが、うまくいかないの」

「困るじゃないか、四人にクチをかけてあるんだぞ」

「すみません、もうしばらく待って頂戴」

「しばらく、というのは、別の日にということなんだろ」

「そう」

「困るな。しかし、仕方がないや。厭というものを無理にやらせるわけにもいかない。だが、恥ずかしいなんて、ガラにもないじゃないか」

「案外、うぶなものなのよ。それにね、男の人に対しては恥ずかしがらなくても、他の女のことを気にするのよ。セリで値段を付けられるなんてことになると、やっぱりね」

「セリといったって、形ばかりの遊びじゃないか。ま、仕方がない、一応あきらめることにしよう」

「すみません」

「すまないとおもうなら、牛乳瓶とやるところをみせてくれ。五人にみせなくてもいい、おれ一人にだけでいいよ」

「そんなの厭だわ。恥ずかしいもの」

「恥ずかしいなんて。きみが言い出したことじゃないか」

「誰も、みせるなんて言わない」

男はしばらく沈黙して、やがて訊ねた。

「牛乳瓶は、空の瓶を使うのかな」

「そう、空のをね」

女はすぐに答える。話だけのことなら、厭がる様子はない。彼が不意に言った。

「今度は、空でなくて、中身のあるのを使ってみたらいい。みせてくれたら、その中身を飲んでもいい」

女は、不意を打たれた顔になった。眼鏡をはずし、男を見た。眼のまわりが、靄《もや》がかかったように薄あかくなっている。

「ほんとに、飲むの」

「ほんとさ。さ、いまから行こう」

彼は勢よく椅子から立上り、女も釣られて立上った。立上ってから逡巡したが、彼女はあきらかに興味をそそられた姿勢になっていた。

やがて、旅館の一室で女と向い合うと、彼は女中に注文した。

「牛乳を二本、持ってきてください」

女中が、盆を持って戻ってきた。

盆の上には、乳白色の液体が満たされたガラスのコップが二つ載っていた。

「それじゃ駄目だ、瓶ごと持ってきてください」

怪訝《けげん》な表情の女中に、彼は言い足した。

「手品に使うんだ、たのみます」

牛乳瓶が運ばれてきた。

瓶の紙蓋を、取除く。

眼鏡をはずした女は、布団の上にゆっくりと軀を伏せた。アマチュア・レスリングで、レフェリー・ポジションを取らされた選手の姿勢になった。乳白色の瓶が、すこしずつ軀の中に消えてゆく。

「あ、いけない」

不意に軀をまるくすると、女は立上った。

瓶を両方の掌で隠すように持っている。乳白色のなかに、苺の色が走っていた。

「刺戟が強すぎて、予定の日より早くなっちまったわ。あんたが、飲むなんて言うもんだから」

「それ、飲むのか」

「これは、いいわ。約束のほかだから」

彼女は、瓶を軀で隠すようにして、風呂場へ消えた。そのうしろ姿に、羞恥の線が浮び上った。それほど瞭《あきら》かな羞恥の色を、彼はその女にはじめてみた。

二人は、すぐに旅館を出た。

彼とその女と肉体の関係ができたわけではない（売春を業としている女との間では、肉体の関係ができたからといって、それ以前よりも親しさが深くなるわけのものではないが）。しかし、肉体の関係によるもの以上のなにか親密な関係が、女との間にでき上った気持になっていた。女も、彼に対して、うちとけた素振りを示した。

数日経った。

彼は、先日、部屋の在り場所を教えてくれたあの若い女に会いたくなった。

そう思い付いたときは、夜になっていたので、女が部屋にいるかどうか危ぶまれた。しかし、ともかくその部屋まで行ってみることにした。

彼女の部屋には灯火が点っており、締切った窓ガラスが明るくなっていた。彼は、庭に踏み込み、植木のあいだを縫って、その窓に近よった。

窓ガラスを、軽く指先で叩いた。

部屋の中に人の動く気配が起り、しばらく手間取って、窓が細目に開いた。洋服を着た若い女の姿がみえた。その顔には、見覚えがなかった。

「――さんは」

女の名を言うと、その若い女は生まじめな表情で、

「留守です」

「きみは、留守番なの」

「そうです」

窓の隙間からみえる部屋には、男の気配はないようだ。女は、表情を崩さない。

「それじゃ、仕方がないな」

彼は窓を離れ、家の前の路地に出た。

歩き出したとき、十メートルほど向うの曲り角から、女の首がすっと引込んだのがみえた。いままで、その角から首を出して様子を窺《うかが》っていたのが、人間の気配で首を引込めた、とおもわれた。

路地は暗く、その曲り角に一つだけ、街燈が点っている。

彼は、その曲り角へ向って歩いて行き、その地点を通り過ぎて、ふと振返った。

曲り角の塀に軀をへばり付かせるようにして、黒いレインコートを着た女が路地の様子を窺っている。腰を大きくうしろへ引き、うしろへまわした両腕の先では、それぞれ五本の指がピンと伸びている。魚の鰭《ひれ》のようだ。ひそかに様子を窺っているという姿勢が、うしろから彼の眼に露わになっている。街燈の光が、その女の姿勢を隈なく照らし出している。先刻、曲り角から首を引込めたその女は、通行人をやり過すと、すぐに元の姿勢に戻ったわけだ。

彼は、そのまま歩み去ろうとして、不意に気付いた。その黒いレインコートには、見覚えがある。ピカピカ光る生地のレインコートである。

「そうだ、あの女だ。眼鏡の女だ」

彼は立止った。

「おうい、――さん」

女の名を呼び、彼女の方へ歩みよった。

「――さん、どうしたんだ」

むしろ奇遇を懐しむ口調だった。咎める気配はなかった。

女は、腰を伸ばし、彼の方を向いて立っている。街燈の光の下で、顔と顔とがすぐ近くに向い合った。眼鏡をかけたあの女の顔が、彼のすぐ前にあった。

彼は笑いを浮べ、話しかけようとした。その瞬間、

「ちがいます」

断乎とした調子で、彼女はそう言った。

「だって、きみ」

彼の眼の前には、あの女の顔があるのだ。しかし、その顔はすこしも表情を崩さず、

「ちがいます」

もう一度言い、彼との間の空間を、掌がすうっと上下に動いた。截ち切るように、動いた。

彼は不意打を受けた。慌てて歩き出した。しばらく歩いて、もう一度振返ってみると、彼女は塀にへばり付いて路地を窺う姿勢に戻っていた。尾羽根をピンと伸ばした、黒い鳥のような姿である。

西瓜を持つ女

まず、こういう場面を設定してみよう。

夏の夕方。

盛夏の太陽が西に傾いて、その日ざしの強烈さがやわらいできた頃、二人の若い女が並んで歩いてくる。歩いている道は、舗装路ではなくて、郊外の住宅地の乾いた埃っぽい道ということにした方がよい。その道に面して、商店が数軒並んでいることにしようか。商店街というほどのものではなく、パン屋電機屋八百屋タバコ屋と、四軒ほど並んでいて、その店の前の地面は、水が撒かれて湿った濃い色に変っている。

若い女は、軽装で、サンダル履きで、屈託のない足取りで歩いてくる。二人とも、揃って同じ姿勢をしている。まったく同じ姿勢になっているのには、理由がある。二人とも、大きな西瓜を一つずつ持って歩いているのだ。軀の前でまっすぐ下に伸ばした両手の掌と、腹のあたりで、大きな西瓜を支えている。西瓜の重味で、両腕が精一杯伸び切っている。二人の女は、むしろその重さを愉しみながら、肩を寄せ合うようにしてゆっくりと歩いてくる。

この場面を見ての感想は、人によってさまざまであろう。Ａは、その女たちが西瓜の重さを愉しんでいる表情に興味を惹かれる。数十分後の、彼女たちの食卓の光景を想像し、家庭団欒の図を想像し、ほほえましくおもう。

Ｂは、彼女たちが両脚を交互に動かす度にその腹に丸く大きく堅い西瓜がごりごりと触れてくる光景に、関心を持つ。一歩ごとに、両腕の間で左右に揺れる西瓜が、彼女たちの腹部の筋肉の動きを拡大して見せている。やや滑稽で、やや官能的な情景である。そして、そのような姿勢をこだわらずに取りつづけている彼女たちを見て、

「まだ、男を知らない娘なんだな」

という感想を持つ。

Ｃは、その反対に、

「案外、子供の二人も産んだ女かもしれない。あの厚かましさは、生娘の厚かましさではないぞ」

という意見を持つ。

　そして、田中太郎という男は、その同じ光景にたいしてどういう反応を示したか……。

彼は、はげしく怯《おび》えた。

「なにも、西瓜をあんな恰好で持つことはあるまいに」

　臨月に近い妊婦と路上ですれ違ったとしても、彼はそれほどまでに烈しく怯えなかったにちがいない。妊婦がむしろ誇らしげに、大きく膨らんだ腹部を突出すようにして歩いている姿は、やや滑稽でやや官能的な情景だと彼はおもっていた。その要素があるために、彼は「妊婦」という感じを一層強く受取ることになった。西瓜を持って歩いているその女の姿勢に、彼は妊婦と同じものを感じた。そして、その女の突出た腹部が、緑と黒の縞模様の西瓜であるために、かえって強く彼の感覚が刺戟された。

　彼を刺戟している妊婦のもつ要素が、西瓜を持つ女によって一層誇張され、拡大されて、彼の心に投影されてくる。

「それも、念入りに二人並んでこなくてもよさそうなものだ」

　と、彼は悲鳴を上げる気持で呟いた。

　それでは、なぜ、田中太郎は怯えたのか。詳細は分らぬにしても、理由はすぐに推測できる筈である。彼の恋人か、あるいは妻が妊娠していて、それは彼にとって望ましくないことと考えられる。望ましくない、というよりも、もしもそのまま分娩に至ったならば、切羽詰《せっぱつま》った状態に陥ってしまう、と考えた方が彼の烈しい怯えを理解することができよう。

その切羽詰った状態の具体的内容を考えてみる必要はあるまい。肝心な点は、西瓜を持って歩いている女とすれ違って、烈しく怯える男もある、というところにある。

結局、子供は生れてしまった、としてみよう。男の子で、一夫と命名されて、無事成長したとしてみよう。

しかし、その田中一夫という男は、自分が生れたときの父親の心理状態について知ることはできない。もっとも、手がかりのようなものが残されている場合もある。もしも彼が一夫という名ではなくて、捨吉とでも命名されていたならば、一種の手がかりになるかもしれぬ。

「自分は、歓迎されなかった子供だったのだろうか。あるいは、捨子を拾ってきて育てられたのだろうか」

というような考え方のキッカケにはなる。しかし、それはあくまで憶測の域を出るものではない。捨吉という名からそのような考え方を引出すと、全く見当違いになる場合もある。

田中一夫にとっては、結局、確かなことは分らぬ。まして、自分が胎児のとき父親が西瓜を持った女を見て烈しく怯えたことなど、分るわけのものではない。一度、気に懸りはじめると、しだいに知りたい気持の強くなってくる事柄である。自分の出生の場面の記憶について詳細に書き記してある文章も、時折見かけるが、虚構であることは言うまでもない。知りたい気持が昂じた結果の文章、と考えてよい場合もあろう。

　それどころか、受胎の瞬間における両親の精神状態についての気懸りを表明した文章もある。「受精したときの両親の心理状態が、生れてくる子供の性格に何らかの影響を及ぼすものだろうか」というような意味のもので、イギリスの小説家スターンの文章である。スターンという作家は、英国近代小説の鼻祖で、ジェイムズ・ジョイスなどもこの流れをくんでいる、といわれている。などと書くのは私のガラではないが、大学英文科のとき、卒業論文にスターンを予定していたので、いくぶんの知識がある。

　もっとも、それは私の全くの読み違えかもしれない。現在の私が、自分で信じ兼ねるほど英語を扱い兼ねるところをみると、昔の語学力も信用できるものではない。その上、スターンの「トリストラム・シャンディの生活と意見」と題するその小説は、難解なものとして有名で、まだ我が国では翻訳書が出ていないのだから。

　話が横道に逸れたが、肝心なのは、たとえ私の読み違えであったにしても、そういう考えが浮ぶことがたしかにある、という点である。サリドマイドによって胎児が変形を起すことは瞭《あきら》かにされたが、精子が精神状態の如何《いかん》によって影響を及ぼされるものかどうか。

たとえば恐怖すると皮膚が鳥肌立つが、同じ肉体の一部である精子が、それに似た反応を起さないで済むものかどうか。

子供が誕生した瞬間、

「あるいは、畸型ではあるまいか」

という恐れを持つ親は、数多くいることであろう。いや、すべての親はその恐れから免かれられぬのではあるまいか。もっとも、恐怖といえば大袈裟になり、危惧《きぐ》といった方が適当な場合もあろうが。恐怖か、危惧か、不安か、その程度は人さまざまである。

そして、もしも畸型であった場合の心構えも、人さまざまである。生きながらえさせない方が子供のためにも親のためにも幸福である、という意見や、生命の尊厳というものに重きを置いた反対意見や、これまでにいろいろ論議されてきたと考えてよい。さまざまの人の間で、さまざまの場合に、さまざまの場所で、論議が尽されてきた。

田中太郎は、自分の部屋の電話機の傍で出産の報《し》らせが届くのを待っていた。彼は、すでに父親になる覚悟をきめていた。覚悟をきめたからには、無事に誕生してくれることを願っていた。

三度、電話のベルが鳴ったが、すべて産院からのものではなかった。ベルが鳴る度に、彼の苛立ちは烈しくなってゆく。産院へ出向いてみようか、と考えはじめたとき、四度目の電話のベルが鳴った。

「只今、お坊ちゃんがお生れになりました」

「それで、無事でしたか。つまり、五体無事で……」

わざと五体無事という古めかしい言葉を使ってみた。念のために、こういう際の紋切型として訊ねてみる、という感じを出したのである。といって、気懸りでないわけではない。無事を告げる紋切型の返事が、即座に戻ってくることを予想していた。しかし、受話器の中の声は妙に口ごもった響になって、

「そのことですが、すぐにいらしていただきたいのです」

「どうしたのですか。死んだのですか」

「生命に別状はございません。ただ、先生からお話したいことがあるそうで、できるだけはやくおいで願いたいのです」

看護婦は、それ以上は説明せずに、電話を切った。

顔も軀もこわばらせて、彼はタクシーに乗った。死産だったとしたならば、むしろ彼自身は救われる。その事態を、ひそかに望んでいなかった、とも言えぬのである。しかし、

生命に別状はない、とすれば……。

「畸型」

という文字が、彼の頭の中で拡がり、それがさまざまな形に歪む。

狼狽して、逃げ場を探そうとするのだが、行き着くところはその文字以外にない。そして、さまざまな形に歪むのは、間もなく文字だけではなくなった。その文字によって引寄せられてきた形象が、彼の頭の中につぎつぎと浮び上ってくる。

一つ目小僧。

三本脚、轆轤首《ろくろくび》。

それらは、病院の薄暗い標本室に並んでいるガラス瓶の中で、アルコール漬けにされてあるものだ。それらは、祭の日の見世物小屋の絵看板に描かれたものほど、あくどい色彩で浮び上ってきたわけではなかった。

しかし、「因果応報」という文字が彼の頭の中に浮んできた。その古風な文字を追い払うと、

「復讐された」

という言葉が、浮び上ってくる。

しかし、誰に……。生れてくることを望まなかった胎児にか。あるいは、その子供を産

んだ女にか。畸型の児を産むことによって、父親になった男に復讐する、ということが有り得るだろうか。盛夏の夕方、西瓜を持った女たちを見て、烈しく怯えたことを思い出し、その自分の姿がしばらく彼の頭の中にとどまった。彼は、感じているだけである。考えを纏めるためには、混乱し過ぎている。

産院の狭い薄暗い廊下は、長く真直に伸びていた。その末端が、窖《あなぐら》に通じているようにみえる。その廊下を、彼は歩いてゆく。

不意に、少年のころ幾度も繰返してみた夢を思い出した。その度に、烈しく魘《うな》された悪い夢である。彼が立っているのは、地球の外の場所なのだ。地球が向うに丸く小さくみえていて、彼との間に薄暗い空間が拡がっている。彼はその地球へ跳び移らなくてはならない。そうしなくては、生きてゆくことができない。それは、動かすことのできぬ事実なのだ。地球と現在立っている場所との距離を目測する。底の無い穴の中に引込まれてゆくような恐怖が襲ってくる。

しかし、試みなくてはならぬ。

全身の力を蹠《あしうら》に集めて、地球への跳躍を試みた。……蹠がいまにも地球に触れそうになって、届きそこなった。薄暗い空間にほうり出された軀が、アルファベットのLの形になり、つづいてVの形になる……。その隙間、かならずVの形になった瞬間に、彼はいつも夢から覚めた。

しかし、いま長い廊下を歩いている彼は、夢の中にいるのではない。途中で覚めることは不可能である。

長い距離を歩き、四角い小さな部屋に入り、彼は医師を待った。

医師が赤児を抱えて、隣の部屋から出てきた。赤児の顔には、異常は見当らない。しかし、赤い皺だらけの顔でなく、白い色で大人に似た顔つきをしているのが、彼を脅かした。視線を手足に移そうとしたとき、医師は元気のよい声で、

「やあ、大したことではありませんが、一応ご説明しておこうとおもって」

と言い、赤児の上唇を指先でめくり上げた。裏側の中央に、かすかに条《すじ》のようなものが付いていた。指を離すと、唇は元の形に戻った。上唇の中央が、尖《とが》った形にすこし脹れているようにみえた。

「これは、兎唇の一種ですか」

「いや、そうとは言えませんな」

「では、どうしたら、よいのでしょうか」

「そのうち整形外科で相談して……、いや、その必要もないでしょう」

覚めることのできない筈の夢から、目覚めた心持だった。部屋を出ると、田中太郎は大

きく息を吐いて周囲に意味のない視線を向けた。

畸型という文字は、生れた子供の上から去って行ったが、出産を告げる電話から医師に会うまでの彼の心理の動きは、たしかな手ざわりで残ってしまった。そのため、笑い話として口に出す事柄にはならなかった。

田中一夫は、自分の出生のときの一挿話を知ることはできない。そしてまた、田中太郎にしても、その出生のときの両親の表情について知ることはできはしないのだ。

追跡者

終電車の中で、彼はその女と眼が合った。

女の眼は黒くかがやき、白眼のところは青白く澄み、彼はその眼の中に吸いこまれそうな気持になった。

気がついてみると、彼は女と同じ駅で降り、そのあとをつけていた。女が首に巻いているのは銀狐だろうか、そのふわふわした襟巻が、ときおり背のほうにずり下り、女の襟首の白さが夜の中に浮かび上る。その白さが彼を誘い、あやつり人形のように女の後から歩いてゆく。女は一度も振り向かず、当り前の足取りで歩き、追いすがって適当な言葉をかける才覚が彼には起らない。女のあとを歩いてゆくこと自体が、仕事のようにおもえている。

長い石の塀が尽きたところで住宅地はおわり、畠《はたけ》のあいだの田舎道になった。

星月夜である。

百メートルほど向うに、小さな日本家屋があり、その窓に灯がみえた。

女の姿がその家の中に消えた瞬間、彼は声をかけなかったことをはげしく悔んだ。

表札だけでも見ておこうと、歩み寄ったとき、窓ガラスを明るくしていた灯が消えた。

それと同時に、星空が一斉に光を失った。彼は門口に立ち、ライターを握った手を高く掲げて点火した。

その光が古ぼけて薄ねずみ色になった表札を照し出した。家に似合わぬ大きな表札だが、その表面には何の文字も書かれていない。不意に吹き消されたように、焔《ほのお》が消えた。

彼の手が震えた。ようやく、もう一度、ライターを点火した。小さな焔があたりを照したが、彼の眼の前の家屋はあとかたもなく消え失せていた。

あとは一面の畠ばかり。

食卓の光景

食い物の話をしようとおもいます。といって、私はいわゆる食通ではない。しかし、食通風になることを、必要以上に恐れているわけでもない。

私が一ぱい飲屋で酒の肴に蓴菜《じゅんさい》を注文したのを、あるとき友人のSが非難したことがある。しばらく私はその意味が分らなかった。よく訊いてみると、ああいうぬるぬるしているだけで味も素気《そっけ》もない食い物を注文するのは、気障《きざ》でそうするとしか考えられない、という論旨である。Sの頭の中では、蓴菜と食通風とが結びつくらしい。

蓴菜は私の好物であって、とくに日本酒の肴によい。Sがそれを旨いとおもわぬのは一向に差し支えないが、他人を非難するのは当っていない、と私が言うと彼は反駁《はんばく》する。

「しかし、おまえはいつか、千葉県市川の駅前でチャーハンを注文してだね、一口食べると、うまいっ、と叫んだではないか」

あの焼飯はたしかに旨かった。そのとき、Ｓと私は精神病院へ友人のＴに会いに出掛けた。Ｔの神経は健全なのだが、細君に付添ってそのまま一緒に入院してしまったのである。Ｔと私たちは、病院の玄関前にある池の傍で会った。Ｔの姿が見えなくなると細君の神経が昂ぶるということで、Ｔはしばしば薄黒い建物の方を振返って、気に懸けている。そういうＴと対《むか》い合って、私たちはあわただしい気持で、しかし結局かなり長い時間、ぽつりぽつりと話をしていた。

そのときの私は、丁度、書きかけの短篇の結末ができず、気持が塞《ふさ》がっているときでもあった。建物の中から、ステテコとシャツ姿の背のひょろ高い男が出てきて、池の傍に歩み寄ってきた。コンクリートでつくった丸い池で、その傍に立って水の上を眺めている。池には、金魚が泳いでいた。

その男は、おそらく患者なのだろう。しかし、Ｔのようにその建物から出てきても患者ではない男もいるのだから、その男も患者ではないのかもしれない。

「厭だなあ」

不意に大きな声で、その男が言った。私たちのことを気にしている気配はない。じっと池の中を見据えている。

「また、金魚が死んでいる」

しばらくして、その男の声がひびいた。水の上に、白い腹を上にして、大きな金魚が浮んでいた。

その声を聞いて、私は書き悩んでいた短篇の結末ができ上ったようにおもった。しかし、気持は一層陰気に結ぼれていった。

Tと別れてバスに乗ったとき、鬱屈した気持の底にへんに昂ぶっている神経があるのに気付いた。気持が昂ぶるときには、ひどく空腹を感じる癖がある。Sを誘って、駅前の小さな中華ソバ屋に入った。こういうときの空腹に似合うのは、飯粒が脂で光り醤油味の強い安ものの焼飯である。こまかく刻んだ焼豚の縁の赤い色がなつかしい。上品な懐石料理などでは、ぜったいに駄目である。

それにしても、あの焼飯をつくった料理人には才能があったとおもう。焼飯ならば、どんな味でもかまわない、というわけのものではない。あの焼飯はたしかに旨かった。

ある夜、私は中国料理店に、数人の連れと一緒に卓を囲んでいた。現在、東京は世界で一番旨い中国料理を食べることのできる場所だ、という話である。才能のある中国人の料理人が故国では腕をふるいようがないので、東京へ集ってきているという話だ。

私たちが卓を囲んでいたのは、そういう料理人のいる店の一つで、いわゆる高級料理店である。したがって、勘定も高い。卓の上には、鱶《ふか》の鰭《ひれ》の料理の皿が運ばれていた。メニューには、終りにちかい頁に、中華ソバや焼飯の項目もあるが、やはりこの種の店で、ラーメンやチャーハンだけを注文するのは場違いといえよう。市川駅前の中華ソバ屋で、鱶の鰭や海鼠《なまこ》の料理を注文するのが場違いであるのと、似ている。

鱶の鰭の煮込みが上出来で、私は熱心に食べていたのだが、ふと気付くと大学生が一人、隣の卓に坐ったところだった。学生服に折鞄を持ち、無帽である。身なりは見窄《みすぼ》らしくはないが、富裕な家庭の子弟ではないことが分る。贅沢をして、五目ソバでも食べようと考えて、この店の扉を押したことが分る。

「困ったことになったぞ」

と、私はおもった。

二十年ほど昔、私自身が学生の頃、こういう立場に追いこまれたことがあったような気持になった。記憶を探ったが見つからない。しかしその気持だけは鮮明である。

椅子に坐った青年の横顔が見える。

やや気取った手つきで、メニューを開いた。間もなく、横顔が緊張してゆくのが分った。メニューには、料理の金額が記入してある。ところどころ「時価」と書いた項目もある。金のないとき、「時価」という文字を見るのは厭なものだ。私の体験では、それは、途方もなく高価、という替りの文字としてしか、眼に映ってこない。

青年の指が、メニューの頁をめくった。頬から顎にかけて並んでい面皰《にきび》の痕が、目立つ。彼は自分の置かれた事態を察したようだ。同じ頁を眺めているその時間が、ひどく長く感じられた。

もしも私が彼だったら、どうする。椅子から立上り、

「勘違いをして入ってしまったから、帰る」

と言い残して、戸口に向かおう。財布に金が乏しいのは、恥ずべきことではない。場違いの場所で、なんとか辻褄を合せようとするほうが醜態になる。しかし、そうと分っても、私が彼だとして、そのように闊達に振舞えるだろうか。振舞いにくい年頃といえる。

それが出来ないとすれば……。彼の手にあるメニューを、あと二枚ほど繰れば、中華ソバの項目が出てくる。なるべく安いソバだけ注文しても、拒否することは店の側としてはできない。

しかし、彼はメニューを閉じて、白いテーブルクロスの上に置いた。

「馬鹿」

と、私はおもった。刺戟的気分になっているのが分る。あらためて、彼の面皰の痕に視線を当ててみる。残酷な興味も動いているのに気付いた。

彼は、女給仕を呼んだ。

「なにか、麺類はありませんか」

よろしい、その調子で頑張りたまえ、と私はおもう。その言い方に気取りがあるのが気にかかるが、そのくらいはやむをえまい。

女給仕は背をかがめて、卓の上のメニューを開いた。メニューの上に指を当て、そのままの姿勢で顔を彼の方に向けて何か言っている。その恰好から、親身の感じが漂った。

一区切りついたと私はおもい、自分の料理の皿に戻った。

白い陶器の碗に入ったソバを食べ終り、青年は折鞄を提げて、出口に向った。その鞄は、それまで彼の椅子の傍の床の上に置いてあった。

出入口の横に、勘定場があり、レジスターのうしろに少女が坐っている。

白い細長い紙片と一緒に、小額紙幣が二枚、少女の前に置かれた。じつに素早く、置かれた。少女が紙片を調べ、何か彼に話している。彼は頷いて、ポケットを探りはじめた。

勘定場と私の卓との間には、かなりの距離があるのに、青年の様子を仔細に眺めている自分に、ふと嫌悪の気持が動いた。しかし、私の中にある記憶が私を刺戟しつづけ、眼が彼から離れない。

その記憶……。そのとき、私は雑誌記者をしていた。原稿の催促のために、国電に一時間ほど乗って、近県の町で降りた。降りたその場で帰りの切符を買ったのは、どういうつもりだったのか。思い出せないが、虫が知らせたということかもしれない。

用件を済せ、駅前の喫茶店に入って、コーヒーを飲んだ。はげしい空腹を覚えたので、ケーキを注文した。酒に興味をもっていた時期で、喫茶店でケーキを食べるのは、何年ぶりのことだった。

食べ終ったとき、ふと厭な気持がした。ポケットの金をかぞえると、五円足りない。残っている金の額は、いつも頭に入っている筈なのに、五円足りないのである。どこかで計算違いがあったようだ。はじめての町で、馴染のない喫茶店である。

勘定場へ行き、事情を話した。レジスターのうしろにいる少女は、黙って私の顔を見ている。咎める眼ではない。呆れたような、事情がよく嚥《の》み込めないような眼である。五円硬貨一つのために、そして甘ったるいケーキのために、こういう状況になったことが私を腹立たしくさせ、やがて気持が滅入りこんだ。

……そのときから十五年後の現在、勘定場の前に立った彼は、ポケットを探っている。

やがて、何枚かの硬貨を掴んだ手が少女の前に置かれ、彼は無事にその店を出た。少女は近くに立っている同僚と眼を見合せ、笑い顔になり、ゆっくり胸を撫でおろす手つきをしてみせた。

少女の気持は、青年に味方している。しかし、その心の片隅には、高級料理店の一員という立場から出てくる優越感に似たものがある。「間違って飛び込んできて、手数がかかって仕方がないわ」という心持が含まれている……。そういうことを感じさせる少女の素振りだった。そして、その少女に、私の気持も似ていたかもしれない、とおもった。

「あの青年の食べたソバは旨かったろうか」

あとになって、時折、私はそういうことを考えてみる。旨いものでも、旨いと感じる気持の余裕がなかったのではあるまいか、という意味である。

しかし、他人の心は計り難い。あの青年は、私が観察して判断したとは全く違った心の動き方をしていたかもしれないのだ。

たとえば、こういうことがある。

美しい女と連れ立って、レストランへ入る。光るように白いテーブルクロスのひろがりを挟んで、向い合う。やがて、皿に載った料理が眼の前に置かれる……。その情景をおもい浮べると、困った気持になる。それは恐怖に似た感情といえる。レストランの入口を素通りして、歩きつづけていたほうがよい、とおもう……、私の人生のうちでそんな一時期があった。

それがどんな時期か、はっきりしている。思春期の、童貞のままでいた時期のことだ。ものを喰うという行為には、常に剝き出しの感じ、なまなましい感じがつきまとう。そう感じるのは今でも同じだが、童貞の頃には、女と一緒のときにそのなまなましさと向い合うことに耐えられない。

口を開くと、赤い粘膜がある。その中に、獣の肉などを押込み、顎の骨をがくがくと動かして、やがて咽喉《のど》の方へ食物を移動させる。咽喉の肉がぴくりと上下して、唾液と混ってぐちゃぐちゃになったものが胃の中に落込む。待ち構えた胃は、黄白い液をそそぎこみながら、その全体をもくもく動かしはじめる。そして、やがてそのドロリとしたものが、胃から腸に送りこまれるわけだが、何メートルもの長さの腸管の末端の方には、すでに滋養分を吸い上げられた食物の滓《かす》、つまり糞便がぎっしりつまっている。

食事をするときの剝き出しのなまなましい感じは、どこか性行為に似ているところがある。童貞が、美女と向い合って食事をすることに、困惑をさらには恐怖に似た感じを覚えるのは、当然のことといえよう。

当然のことといえよう、と私はおもうのだが、しかしすべての童貞が女を伴ってレストランに入ることに恐怖を感じるかどうかは、きわめて疑わしい。他人の心は計り難いのである。

「あのソバは旨かったろうか……」

時折、あの青年のことを思い出し、想像がふくらむ。そして、しばしば青年と私自身が掏《す》り替る。

しばらく経って、私があの中国料理店に行くと、卓を囲んで声高に話し合っている青年たちがいた。酔いを含んだ声で、卓の上にはビールの瓶が五本ほど並んでいる。青年の数は五人、銘々の前に、白い陶器の碗に入った中華ソバが一つずつ置かれている。

それは、私の空想の中の光景である。

もちろん、青年たちの一人に、あの大学生がいる。

「どうだ、この店のソバは旨いだろう」

彼は得意気に言う。

「中国からきた腕のいいコックがつくったんだ」

「でも、すこし高いね」

「それはラーメン屋のようにはいかない。店も綺麗だし、テーブルクロスもまっ白だ。この前、偶然おれが発見したのだ」

「たしかに新発見だな。今度のコンパはこの店でやるか」

「賛成」

そういうことが起らない保証はない。もしそういう場面に立合ったら、私はあの青年の無神経に顔を顰《しか》めるだろう。しかし、形は違っても、私自身その種の無神経をこれまでの人生で一度も犯していないとはかぎらない。

「あのときは……」

「ひょっとして、あのときに……」

耳の奥でささやく声が聞えてくる。また、全く私の気付いていないいつかに……。

しかし、卓を囲む青年たちの光景が、無神経とは違う気持に支えられて、しかも全く同じ形であらわれる場合も考えられる。

不意に、青年が立上って、私の卓に近寄ってくる。

「あなたは、この前のときもいたな」

と青年が私に言う。

「そうだ、いた」

「あんたの批判する眼つきが、気に喰わないんだ」

「批判はしていない。見ているだけだ」

「その観察する眼が気に喰わない」

「どうだ、この前のときのソバは旨かったか」

「旨くない、味がなかった」

「今日のソバはどうなんだ」

「そういう質問をするところをみると」

と、青年が言う。

「すこしは分ったようだな。今日、おれたちがここにいる意味が」

「よく分らないね」

「教えてやろう」

青年の眼が血走っているが、それは酔いのためではないようだ。彼は言葉をつづける。

「この店を、爆弾を仕かけてぶっ毀《こわ》してやりたい。そんな気持で、いま騒いでいる。こんな気詰りな店は、ぶっ潰《つぶ》したほうがいいんだ」

「この店を爆破したところで、何の意味もありはしないよ」

「意味はある」

「ないね、君はまだ若いな。若いのは結構だが、自分を分析することができないのはよくない」

「なにを」

青年の白目のところが赤く燃え、卓に引返すと、ビールの空瓶を逆手に摑んだ。ビール瓶を振上げて、私に殴りかかろうとする。

「おいおい、おれはむしろ君の味方じゃないか」

私はその腕をおさえて言う。

「敵を間違えてはいけないぞ」

目覚時計

夜道を歩いている。道の左右は畠で、人影はない。もちろん街燈はないし、空には月も星も見当らないが、真暗ではない。薄むらさき色の光が、あたりに漲《みなぎ》っている。

黒い人影が、不意に、星枝の近くの畠にあらわれた。ひどい猫背にみえたが、それは風《ふ》呂《ろ》敷《しき》包《づつみ》を背負っているためと分った。

男は包を地面におろし、中腰のまま、左右に眼を配る。

星枝が近くに立っているのに、その姿はまったく眼に入らぬらしい。あたりを窺って人目のないのを確かめる動作がおわると、地面を掘り出した。

手がスコップの役目をして、たちまち深い穴ができた。男は、風呂敷包をそのまま穴の中に入れ、土をかけ、丁寧に土をならす。

もう一度、あたりに眼を配る動作をして、男の姿は搔き消すように見えなくなった。

星枝は、畠の中に歩み入った。埋めたあとは、土の色が変っていて、すぐ分った。

「何を埋めたのだろう」

とおもったとき、小さな音が聞えてきた。カチ、カチ、カチ、堅い小さな音で、正確に一定の間隔を置いて、鳴る。機械の発する音である。

「目覚時計でも埋めたのだろうか」

星枝がそうおもった瞬間、眼の前の地面が爆発を起した。大きな破裂音がひびいて、火花とともに土塊が飛び散ったのだが、その火花は色とりどりの色彩で、危険な感じが薄い。夜店の花火の束に、火が移ったような、どこか余裕のある爆発である。

煙が薄れると、星枝の前に、一本の樹が立っていた。星枝の背の二倍ほどの高さの、ひょろりとした樹である。しかし、細い幹に似合わず、大きな葉が重なり合うように繁っており、葉のあいだから、果実が覗いている。

「何の実なのだろう」

二、三歩近寄って、傘《かさ》のようにひろがっている枝の下から見上げると、大きな実が五つ、押し合うように並んでいる。

おもわず、星枝は叫びかけた。

その五つの実は、人間の顔なのである。大人の男の顔で、五つとも同じ顔をしている。

同じ顔なのだが、違う顔ともいえる。なぜなら、その五つの顔には、それぞれ少しずつ畸型の部分がある。唇の歪んだ顔、片眼の潰れた顔……、鼻梁《びりょう》の欠けた顔、満足なものは、一つとしてない。

その五つの顔は、無表情のまま、しかし一斉に星枝のほうに視線を向けている。誰の顔か、見覚えがない。無表情なのだが、畸型の部分が表情のかわりをつとめていて、その五つの顔が押し合うように左右にゆらゆら揺れた。

自分の叫び声で、星枝は眼を覚ました。

星枝の軀は、薄く汗をかいているのだが、寝床はつめたい。まるで、星枝の体温がないように、いままでその軀と触れ合っていた筈の部分もつめたい。

試験

大きな古ぼけた木造の家屋に、星枝は歩み入ってゆく。講堂のような建物で、天井がずいぶん高いところにある。

机が幾列にも整然と並んでいて、一つ一つの机に白いペンキで数字が描かれている。星枝の手のなかに、一枚の紙きれがあって、そこに大きく数字が記されてある。その紙きれは、どうやら受験票らしく、これから講堂の中で、試験がはじまろうとしている。星枝の受験票の番号は、一番である。講堂の中は、電気の光で照らされているが、その光が黄色く薄暗い。星枝は、自分の机を探して、歩く。

白いペンキで、二、三、四、五、と数字が記された机が整然と並んでいるが、星枝の番号の「一」の机は、どこにも見当らない。そして、机はつぎつぎに、ふさがってゆく。老若男女、さまざまな人間たちが、自分の机を見付けて座り、顔をまっすぐ前に向けて、待っている。おそらく答案用紙が配られるのを待っているのだろうが、なんの試験か分らない。

ただ、その試験を受けなくては困ったことになる、ということだけ、星枝には分っている。焦る気持がはげしくなるのだが、依然として机は見付からない。

自分の席は、この講堂以外の場所にあるのかもしれない……。突然、そういう考えが、星枝の頭に浮んだ。

急ぎ足で、建物の外へ出た。

戸外は夜である。

戸外は、祭だった。

太鼓《たいこ》の音が絶え間なくひびいており、星枝の軀はたちまち雑踏の中に巻きこまれてしまった。肩と肩とがぶつかり合い、横腹と横腹とが擦れ合い、揉まれながら動いてゆく星枝の両側には、明るく灯をともした夜店が立並んでいる。

頭と頭とのあいだから、肩と肩との隙間から、夜店の水中花や金太郎飴《きんたろうあめ》の色彩が、星枝の眼にチラチラ飛びこんでくる。

ようやく、夜店の列が尽きた。雑踏から一変して、野原のひろがりがある。ねじり鉢巻をした若い衆が車座になって、酒盛りをしていた。

その傍に立止まって、星枝は呼びかけた。

「あのう、これ、どこなんでしょう」

掌を開くと、汗ばんだ紙片がみえた。一番、と記してある。

一人の若者が立上ると、車座から離れて星枝の傍にきた。掌を覗き込み、無造作に言った。

「これか。これは、今度できた葬儀屋だよ」

若者の口から、かすかに酒のにおいがしている。彼はまっすぐ伸ばした指先で、闇《やみ》の奥を指さすと、

「あっちだよ」

と言う。

指し示された方角へ向って、歩き出した。並木に挟まれた道が、ながながとつづく。なぜ葬儀屋へ向って歩いて行かなくてはならぬのか、とおもいながら、歩いてゆく。

不意に、鼻の奥に、違和感をおぼえた。とおもった次の瞬間、二つの鼻腔《びこう》から、滑り出てきたものがある。眼を伏せて鼻の先を眺めると、細長い白いものが見えた。

指先で触れてみた。薄い紙の手触りである。細長い白い薄紙が、二つの鼻の穴から垂れ下っている。指先でつまんで引張ってみるが、白い紙は切れ目なく、どこまでも続く。鼻

の奥から白い紙が湧《わ》き出るように、いくら手繰っても、尽きることがない。

手繰りつづけながら、星枝は小走りになる。

「あ、あ、あ」

咽喉の奥で声を鳴らしながら、夜道を走りつづけているうちに、眼が覚めた。

それは誰

　星枝は、床《ゆか》のない部屋に住んでいる。星枝は部屋の中に座っている。鏡台とかタンスとか、その他の家財道具も揃っている。床板がないとすると、それらの家具も、星枝自身も、宙に浮いている筈だが、そこのところはよく分らない。

部屋の中での起居動作には、さして差しさわりはないようなのだが、

「床のないのは、困ったな」

　とか、

「床板のない部屋に住んでいるなんて」

　という気持が、星枝にまつわりついている。自分の座っている下に眼を向けると、黒い空間が開いていて、湿った土のにおいが立上ってくるようだ。

「陰気だわ」

と呟いて立上り、鏡台の前まで歩いてゆくと、鏡に顔を映して濃目に口紅を塗ってみる。そして、元の場所に戻って、座る。そういう動作をしたあとで、不意に星枝は声をあげた。

「あら」

床のないのに、あたし、動きまわっているなんて……、星枝はおもったのだ。一たん、そうおもってしまうと、彼女は自分の座っている位置に金縛りになってしまう。うっかり軀を動かすと、黒い穴の中に落ちこんでしまいそうだ。身を竦《すく》めて、じっとしている。自分の座っている場所が、狭く狭くなってくる。あたり一面が洪水《こうずい》になって、自分は家の屋根の上に座っている。水面はしだいにせり上ってくる……。

誰か助けにきてくれないか、とおもうのだが、アテはない。星枝は、その部屋で一人で暮している。

ドアが開いた。

「おい、いま帰ったよ」

一人の男が入ってきた。それが誰か、分らない。小脇《こわき》に長い木の板を四、五枚束にして抱え、もう一方の手に鋸《のこぎり》を持っている。

星枝は、男の手にあるものを見て、

「あ、これで床を張ってもらえる」

とおもい、つづいて男の顔に眼を向けようとした。この男は、誰なのだろう。そのとき、男の声がした。

「おや、おまえ、どこに座っているんだ」

その声に、星枝は動揺した。軀を動かすと、黒い穴に落ち込みそうにおもい、身を竦めていたのだが、彼女自身を支えているものもない筈なのだ。

そのことに気付いた瞬間、星枝の軀が下降しはじめた。穴の中に転落するという感じではなく、機械仕掛のようにゆっくりと降りてゆく。

部屋の中が視界から消える直前、星枝はたしかにその男の顔を見た、とおもったのだが……。

歯

「ねえ、この人、圭子さんにどうかしら」

行きつけの美容院のマダムが、一枚の写真をわたしに示した。わたしは、友人の圭子の顔を思い浮べる。婚期を逸しかけている、醜い女。しかし、結婚しない言い訳として、圭子の言う言葉は、いつも一つだけだ。

「わたし、ハンサムな男でなくては厭なの」

写真を見た。端麗、といってよい青年の顔がそこにある。わたしはすでに結婚して、ともかく幸福である。そういう女の、余裕と残酷さをもって、青年の顔の横に圭子の顔を置いてみた。

「本当に、お見合いするの」

「ええ、ようやく圭子さんを、うんと言わせたのよ。明日の夜、あたしの家で……、あなたも立合ってくださらなくって」

　次の夜、わたしが出かけて行くと、マダムは曖昧な表情で、こう言った。

「お見合いは、ダメになったのよ。さっき、圭子さんがいらして、お断りになったの。前歯が三本抜けているの」

「前歯が三本、ですって」

「ええ、歯が痛くなったので、歯医者さんへ行ったら、抜かれてしまった、ということなの」

　抜かれたのは、白い健康な歯の筈だ、とわたしは信じている。

その魚

モーターボートで隅田川を遡りながら、龍子は退屈していた。会話は途絶えていたが、運転している男は満足そうな表情である。その表情が、苛立たしい。その矢田という男は中年である。

「いい齢をして……」

と、龍子は一層苛立つ。会話が途絶えたままでいることが、苦痛になってきた。

川の水は濁って、かなり臭う。メタンガスの泡も見えるような気分になる。

「きたない水ね」

龍子が話しかけた。

「かなり汚れているね。しかし、風が気持がいい」

「昔は、白魚が棲んだという話だけど」

メタンガスが滋養分になって育つ、という魚の話を聞いたことがあるが……。

「これでは、白魚はとても無理だね」

と、矢田は当り前のことを言う。

「でも……」

龍子は、その魚の話をしかかったが、ふっと厭な気がしてやめた。似た話を、してみた。

「松葉牡丹という草花があるでしょ」

「縁日の植木屋で、たくさん売っていた。夜店というものもなくなってしまったな」

「あの草のことだけど……」

「どういうこと」

「スモッグで育つのですってね、都会の真中にあったほうが、どんどん茂ってゆくのですって」

「へえ、はじめて聞いた……。凄い草だね」

「凄い、というほどでもないでしょ」

「そうだねえ……。陸へ上って、白魚のてんぷらでも食べようか」

矢田の言葉が唐突に聞えたが、龍子はすかさず、

「そのあと、一緒にお店へ来てくださるわね」

龍子は酒場の女である。この日は、モーターボートに乗る羽目になるとはおもわなかった。夕方に会おうと男から言い出されて、曖昧な気持のまま、承諾した。

矢田は、龍子が特別の好意を持っていると信じている。一度、店にきた男たちの名刺を見ながら、龍子が矢田の会社に電話をかけて、

「お会いしたくなったの。お店へいらしてね」

といったのも、その理由の一つである。龍子は部厚く名刺を積み上げて、つぎつぎとダイヤルをまわしてゆく。遊び馴れた客のなかには、

「おや、今日は電話当番かね」

などと、からかいながら、無駄話をする男もいる。

そう言われてしまうと、龍子は苦笑するが、そんな夜、その客がひょっこり店へ顔を出したりする。つまり、電話をかけることが彼女たちの商売にとって無駄ではないわけなのだが、真正面から受止められてはいささか当惑する。中年男のいわゆる「純情」には、かなり当惑してしまう。

気分がすぐれないのでアパートで寝ていると、店から電話がかかってきた。こういうことは、ときどきある。そのときは、矢田が来ている、と電話の声は告げた。気分がすぐれない、といっても、病気ではない。店へ出れば、矢田の席の売上げのパーセンテージが、

龍子のものになる。矢田は倹《つま》しい客なので、たいした額になるわけではないが、気晴らしのつもりになって、龍子は普段着に近い恰好で店へ出た。

龍子の特別の好意を矢田に信じさせることに、これが決定的な役目を果した。

その次に店に来たとき、矢田は龍子を誘った。曖昧な気持だったが、一種の好奇心が動いた。

寝てみてもいい、というつもりだったのだが、矢田はホテルに誘わず、隅田川の河口に近い場所でモーターボートを借りた。

ボートが停って岸に上るとき、龍子はその眼で水面に湧き上ってくるメタンガスの泡を見た。

矢田は上機嫌で、約束どおりてんぷら屋で晩飯を済せ、龍子の店へ同行した。時刻は八時近くなっていたが、罰金の遅刻料は客を同道しているので払わなくて済む。平素の倍の時間、矢田は龍子の店にいて、倍の分量の酒を飲み、すこし酔った。

矢田が帰ったあと、同僚の奈美が龍子に言った。

「あんた、もの好きねえ」

「そうかしら」

「それとも、好きなの」

「違うわ、すっかり退屈しちゃった。でも、珍しいとはおもわなくて」

「それは、そうね。たしかに、珍品だわ」

矢田が帰宅したのは、十一時近くである。子供はとっくに眠っており、細君は機嫌がわるい。

「ああ、疲れた」

「そうでしょうね」

棘のある声が戻ってくる。それ以上会話はせず、矢田は酔いにまかせて、そそくさと寝床へ入った。

夢を見た。

夢の中で、矢田は機嫌よくモーターボートのハンドルを握っている。濁った水が、白く左右に割れる。

夢の中で、臭気を感じた。これは珍しい現象だが、矢田自身にはそれが夢であるという意識はない。水面にはメタンガスの泡が、ふつふつと湧き上っているところもあるのだろうが、ボートの航跡に混って見分けがつかない。

不意に、左手の水の上に、大きな魚を見た。ボートに沿って、勢よく泳いでくる。

「こんな水に、あんなに大きな魚が……」

驚いて、矢田はその魚を眺めた。魚は大きな胸鰭《むなびれ》を、右、左、と動かして、ボートの速力に負けない速さで泳ぐ。右、左、と動く鰭が、まるで抜手を切って泳いでいるようにみえたとき、魚の頭が水面高く持上り、矢田のほうを向いた。

魚の顔は、龍子そっくりである。その顔の表情が崩れて、艶《なま》めかしい笑いになった。

「ああ、龍子がいる……」

そのときにもまだ、矢田は夢から醒めない。軽い浮揚感に似た上機嫌がつづいている。

花畠

平たい地面に、びっしり花が咲いている。花弁の小さいものばかりで、朱色を基調にして、水色と銀色とがすこし混っている。

「中間色がうまく出ているな」

そうおもった。カラー写真を調べているわけではない。眼の前にひろがっている風景を見ているのだが、「うまく出ているな」とおもったとき、その風景は頭の中にひろがっているものだと分った。つまり夢である。私の夢には、いつも色がついている。

「夢だと分ったことは、醒めることだな」

そうおもいながら、目を開いた。

平たい地面に、小さい花弁の花がびっしり咲いているのが、眼に映ってきた。前と違うところは、モノクロームの写真を見るように白と黒の色である。

「醒めたつもりが、べつの夢に入ったな」

よくあることだ。黒白の花畠の眺めは愉快なものではないので、夢を振捨てるような気持で、目を開いた。

しかし、また天然色の花畠の景色である。花弁が前より大きくなっている。力をこめてもう一度目蓋を持上げると、黒白の花弁で、花弁はさらに大きくなっている。夢の外へ出たいと痛切におもい出した。しかし、天然色とモノクロームの花畠のあいだを往復することが繰返されている。花畠の向うの端に、立札の形のものが見えた。目を凝らすと、その札が拡大された。

『入口』という文字が、読めた。

なぜ、『出口』ではないのか。

そのとき、巨大に膨れ上った黒い花が、大きく花弁を開いて頭の上に落ちかかってきた。

紺色の実

庭の隅まで、女は歩いて行って、蹲《うずくま》った。葉のあいだから、薄紫色の花がたくさん覗いている。

狭い庭の黒い土を掘り返して、そこに茄子《なす》の苗を植えたのは、一ヵ月ほど前のことである。女は三十歳をすこし過ぎているので、戦時中は小学校に入ったばかりだった。当時は、食糧不足を補うために、庭で野菜をつくっている家が多かった。女にも、その記憶は朧げにあるが、それをおもい起しての仕業ではない。

気を紛らわすことさえできれば、どんなことでもよかった。たった一つの条件は、軀の一部を動かしていることである。女は編物をはじめた。絶えず手を働かしていると、頭の中がしだいにとりとめなくなってゆく。

近所に買物に行った途中、植木屋の店先で幾種類かの苗を見つけた。茄子の苗を選んだのは、偶然といってよい。

草花の苗は、わざと選ばなかった。きれいな花が咲くことを、女は好まなかった。もっとも、野菜でも実を結ぶ前には花が咲くが、その種の花はみんな地味である。それに、女の頭の中では、苗がそのまま野菜の形に結びついた。

地面を掘り、苗を植え、朝晩庭に出てジョウロで水をかける。それが、女の気に入った。

苗を植えたころ、女はある男と別れている。その男との経緯は、夫には内密にしておく心構えでいた。夫と別れる気持はない。幼い子供も、二人いた。

しかし、男との関係も、浮気とは言い切れない。互いに、惹かれるものがあったが、離婚をしてまでという気持には、二人ともなれなかった。

家庭のなかのいざこざが公けになると、社会的な立場が崩れるおそれがある職業に夫はついているので、それが女をためらわせた。すくなくとも、女は夫を憎んではいなかったのだ。

男のほうも、遮《しゃ》二《に》無《む》二《に》女を奪い去るだけの情熱に欠けていた。二人とも、分別のある年齢になっていた。しかし、女と男とのあいだに、恋に近い感情が流れていたことはたしかである。

しずかに、二人は別れて、それぞれの生活に戻った。

たくさんの薄紫色の花を見てから数日後、女はその花の幾つかの根もとが紺色にふくらみかかっているのに気付いた。

花弁が萎《しお》れて、実のかたちができかかっている。

茄子の葉も茎も、くすんだ紫色をしている。日が移るにつれて、紺色の小さなまるい実の数が増えてゆく。

ある早朝、蹲って覗いてみると、親指の先くらいの大きさの実が「一斉に」という感じで、背の低い茎と細い枝のあいだに並んでいた。

ところどころ、鶉《うずら》の卵くらいの大きさの実も混っている。

仔細に眺めてみると、すべての花の根もとが膨らんで、実になりかかっている。仇花《あだばな》は、一つもなく、それが女にとって一瞬たじろぐほどの異様さであった。

隣に植えてある茄子を調べてみると、事情はまったく同じである。十本近く植えた苗なので、数え切れないほどの薄紫色の花の根もとが、膨らみかかっている。あるいは、拇指頭大になったり、ところどころその二倍くらいの大きさになったりしている。

一つだけ、鶏卵大にまで成長している濃紺の実があった。

いずれは、全部の実がそれくらいの、あるいはもっと大きな形になるのだろうか。しかし、その考えは女の心に刺さってこない。たくさんの大きな実を支え切れずに傾いている細い茎を想像すると、むしろ気持が和んだ。

無気味なのは、すべての花が実に変り、小さな紺色の茄子がうじゃうじゃ細い枝にへばりついていることである。

「花がみんな実になっている」

女はおもい、不意に無気味さが、もの哀しい気分に変った。

蹲ったまま、艶のある表皮を指先で撫でてみて、

「なまじ花が咲かなければよかったのに」

と、呟いた。

もの哀しい気分は、一層強くなってきた。

慌しく、女は軀を動かしはじめた。まず、茄子の枝からすべての実を毟《むし》り取った。枝や茎を傷めることなど、頓着はしなかった。ものに憑かれたように、手を動かしつづけ、かなり長い時間が経った。

女の足もとには、紺色の実が積み上げられていた。ぼんやりした眼で、女はしばらくその紺色の堆積を眺めていたが、小さなシャベルを握ると庭の隅に穴を掘りはじめた。入口を小さく、奥へ深く掘った。その穴の中へ乱暴な動作で茄子の実を投げこみはじめ

たが、その手の動きはしだいに緩慢になり、全部の実を落しこんだときには、女の心には悲哀に似た気分が一ぱいに拡がっていた。

土で、穴の口を塞ぐ。

余った土が、いま埋めた穴の傍に散らばっている。その黒い土をしばらく眺めていた女は、汚れた手のまま家屋のほうへ歩み出した。

日曜日の朝である。

夫はまだ家の中で、深い眠りにいる筈である。

蠅

少女は、慎重に育てられてきた。高校生になってからでも、学校から帰ってくると、はっきりした行先と所要時間が分らなければ、外出を許されなかった。一人娘で、とくに父親が厳格であった。

家庭では自分だけの部屋を、少女は与えられていた。寝床に入ってから、ときおり少女の軀の中で漂いはじめるものがあった。やがて、不意に熱いものが軀の芯に這入りこんでしまう。

そういうとき、少女は起き上って、鏡の前でパジャマを脱ぐ。まったくの裸になる。この年頃の少女は、健康な感じだがやや鈍感さの混った肥り具合になってきて、その時期を過ぎると、しなやかに余分な肉が消えてゆく場合が多い。しかし、この少女の裸には、年齢に似合わぬ潤いとまるみがあった。

少女は机のヒキダシを開け、奥に隠してある口紅を取出して、唇にそっと塗ってみる。しだいにその赤い色を濃くしてみる。ついには、毒々しいくらいの赤さになった。

そのときには、少女の乳暈《にゅううん》は小さな丘のように膨れている。片方の乳首に、口紅をすこしだけ塗り、指先でぼかしてみた。しばらくそのまま鏡に映し、急いで拭い去ってしまう。

その日、授業時間が終って、家へ帰る途中、学生服の男が待っていた。少女の高校は男女共学ではない。中学の頃、一年上級だった少年である。

少女は、その少年に好感を持っていた。

以前は、少年の手紙が家に届いたことがあった。とりたてて言うほどの内容ではないのだが、少女の父がそのことを知り、厳しく文通が禁じられた。

それ以来、一週に一度くらいの割で、少年が待っているようになった。小さな人工の川の傍に生えている大きな木の幹のうしろに、隠れるようにして待っている。その場所までくると、もう少女の学校の生徒たちの姿はない。

その樹木が見えてくると、少女の胸がふくらむ。

しかし、二人はその川の傍の道を二十分ほど散歩するだけである。とりとめのない会話をかわす。

蒸し暑い夏の午後だった。

少女は、均斉の取れた軀で、細くて長い脚をしている。そのくせ、しばしば躓《つまず》いてよろけたりする。平坦な道を歩いていても、不意にバランスを崩した。

会話の内容は相変らずとりとめのないものだったが、緊迫した空気が流れる時間がある。まわりの空気が、不意に煮詰ったように濃くなった。

その瞬間、少女はよろけて、半歩遅れた。立直ったとき、眼の前に男の制服の背中があった。

その拡がりに、少女は異様なものを見た。

胴体の下半分が青みどり色に光っている蠅が、背中一面にびっしり貼りついていた。その色は、夜光塗料を塗りつけたようだ。外皮はつるつるしているが、そのくせ中身に詰っている粘った液体がその一匹一匹に滲《にじ》み出ているようにみえた。

少女の軀から、血の気が引いた。もう一度、少女は小石に躓いたような足取りになった。

「どうしたの」

少年が振返って、訊ねた。

「また、躓いたの」

「仕方ないなあ」

少年は、笑って呟いた。

その日から、少女は少年を避けるようになった。

古い家屋

訪れる声がして、玄関に青年が立っていた。同じ町内の旧家の息子で、背が高く、彫りの深い顔をしている。

顔は知っているがつき合いはないので、応対に出たその家の主婦の顔に、わずかに戸惑いの表情が覗いた。

「いえね……」

青年は相手の心の動きを素早く察して、

「私はカメラをいじるのが好きでして、この前の運動会のときのおたくの娘さんの写真がよく撮れたので、お届けすることにしたんです」

青年は、大学生である。

「それではここで、失礼します」

三枚の写真を置いて、立去った。二枚が顔のアップで、もう一枚は短距離競走のときの姿である。

その家の娘は七歳で、幼女と呼んでよい年頃である。翌日、小学校からの帰り道に、幼女の傍に自動車が停って、ドアが開いた。

写真を撮ってくれた青年が運転していて、

「きみ、家まで乗せて行ってやろうか」

と、言った。

青年は、舞台に立っても二枚目の役がやれそうな容貌である。幼女はその車で家に帰ってくると、夕飯のとき、得意気に言った。

「写真のおにいちゃんに、車で送ってもらったわ」

母親が顔をしかめて、

「知らない人の車になんか乗っちゃいけません。どんないたずらをされるか分らないから」

「いたずら、って」

早熟な女の子で、母親の言葉の意味が分っていたが、問い返した。

「ともかく、いけません」

母親は強い口調になった。

数日後、帰宅の途中でまた傍に、青年の車が停った。その瞬間、母親に禁じられたことが頭にひらめいた。

窓越しに、青年が声をかけてきた。

「どう、家に遊びにこない」

「でも……」

会話をすることだけで、うしろめたい気分が起ってきた。しかし、そういう気分にかえって突動かされて、車に乗ることにきめた。

都会の郊外のこの地域は、戦災に遭っていない。青年の住居が古い大きな建物であることは、知っていた。

青年は幼女を茶の間に連れて行った。そこに、青年の父親と母親がいた。青年が加わって雑談がはじまり、幼女はその母親が出してくれた菓子を食べながら、一人前の顔をして坐っていた。

三十分ほど経つと、青年は立上って、

「きみの家まで、乗せて行こう」

「いいの、歩きたいの」

慌てて、答えた。

青年だけ、玄関まで送ってきた。

「一緒に歩いて行こう」

「一人で歩きたいの」

「ふうん」

不満気だったが、

「それじゃ、握手」

と、手を差し伸べてきた。

乾いた掌だが、熱っぽい眼で幼女の眼を見て、

「きみ、好きだよ」

と言った。

成熟した女にたいするような態度である。青年の容貌のために、粘りつく厭らしさはなかった。むしろ心がくすぐられた。「恋人ができたんだわ」という考えが、この幼女の心に這入りこんできた。

ときおり、青年の家へ遊びにゆくようになった。

「男の人とつき合っちゃいけないって、とめられているの。だから、ときどきしか来れな

いの」

と、打明けてからは、一層大人のような心持になった。

しかし、二人の「つき合い」の内容は、幼女にふさわしいものだった。部屋で二人だけになっても、机に向っている青年の傍で、与えられた絵本を拡げていたり、彼が旅行してきたという外国の風物のカラー・スライドを映してみせてもらったり、正月には庭で羽子《はね》つきをしたりした。

広い庭の隅に、小さな離れ家があった。主屋にくらべて、新しく建ったようにみえた。

「あそこ、なあに」

「物置のようなものさ」

青年は答えた。さりげない口調だったが、一瞬、いつもの彼とは違うものを感じ、それ以上は訊ねなかった。

青年の家庭の人々は、幼女が遊びにくることに慣れた。

ある日曜日の昼間、遊びに行くと、青年が言った。

「丁度よかった、今日はぼくは留守番なんだ。ところが、三十分ほど家を空けなくちゃいけない用事があって困っていた。替りに、家にいてくれよ」

立上ると、ふと思い出したように机のヒキダシを開け、三十枚ほどの写真の束を幼女の膝に投げた。

「これでも見ていてくれよ、きみのお家だよ」

一人残されると、その写真を眺めてみた。青年の家の半分ほどの大きさの、古い平凡な日本家屋である。窓はみんな閉ざされていて、家の周囲にも人影はない。違う角度から撮《うつ》された家が、つぎつぎと出てくる。

退屈である。

しかし、それが自分の家だということに、間もなく幼女は気付いた。全部の写真が、自分の家をあらゆる角度から撮ったものだと分ったときには、退屈さは消えた。呆気にとられたような、薄気味悪いような心持になってきた。

屋根瓦が画面いっぱいに拡がっている写真もある。この角度からの撮影のためには、家の傍に生えている背の高い樹に登らなくては、不可能なのだ。

自分の家を、あらゆる角度から撮した三十枚の写真の束を机の上に戻すと、幼女は判断に苦しんだ。ただ一つだけ確信できることがあった。「この中にあたしが住んでいるから、撮したんだわ」という言葉が頭で鳴った。

眼を上げると、部屋の窓が開いていて、広い庭があり、その向うに離れ家が見えている。その離れ家のことを青年に訊ねたときの微妙な反応を思い出した。覗いてみたい気持を、抑えることはできなくなった。

その建物に近づいて、入口の引き戸に手をかけた。鍵はかかっていない。戸を開くと、眼の前に、太い木でつくった格子が立塞がっていて、内側は薄暗い。

座敷牢が、そこにつくられていた。

蒸れたような、強い臭いがした。籠のなかで小鳥が動きまわっているような音がしている。眼が慣れると、薄暗い中で白いかたまりが動いているのが見えてきた。若い女が一人で坐っていて、全裸である。その周囲には捲り取ったようなかたちに、衣類が散乱していた。女の表情は見分けの付かない薄暗さの室内だが、その仕種は分った。女は新聞紙を細長く引裂いている。機械のような正確さの動作の繰返しで、畳の上には裂き取った紙片が堆《うずたか》く積み上げられていた。

急いで戸を閉め、部屋に戻った。烈しく動悸がしている。七歳の幼女は、これまでのすべてのことの本当のところが、いま分ってしまったような気持になっている。

楽隊の音

病室の入口に立っていた。鉄筋の建物らしいが、周囲は薄汚れていて、清潔な医院の趣ではない。

背の低い看護婦が、不意にあらわれた。

「あと二十分で、あなたは死にます」

と言って、すぐに姿が見えなくなった。眼鏡をかけていたような気がするが、顔立ちは覚えていない。事務的な用件を伝える素気なさである。

夢の話をしているのだが、このときにはそれが夢とは気付いていない。

「あと二十分か」

夢の中では、感情の振幅が異常に大きくなることがあるが、このときには看護婦の態度と同じ素気ない気分で、そうおもった。

ふと気付くと、傍に流しの楽隊が二人、立っている。一人はギターを持ち、もう一人は矢鱈に大きなアコーディオンをかかえてその重たさに反っくり返っているような恰好でいる。この連中にも見覚えがない。

「それじゃ、ベッドに横になるから、死ぬまでなにかやってくれないか」

ポケットを探って、一万円札を一枚出して渡した。悪くない報酬の筈である。それなのに、不服な顔を二人ともしている。死ぬときの伴奏としては安いというのだろうか、とむっとして、もうこれ以上払うものか、とおもった。

「なにをやりますか」

ギターの男が、訊ねた。

「デキシーをやってくれ。曲はなんでもいい」

「デキシーですか、ジャズですね」

あきらかに不服な顔である。流しの楽隊に、デキシーランド・ジャズを演奏させるとは、筋がちがうという表情にもみえる。それももっともなことだ、とおもい直し、

「なんでもいい」

そう言いながら、病室の入口に軀を半分入れて、立止った。眼の前に、薄汚れた部屋が見える。小さな個室で、眼に映ってくるのは、ベッドだけである。汚ない部屋にしては、

シーツだけ白くみえる。

死ぬというのに、部屋には誰もいない。

「なにしているの」

若い女の声が聞えてきて、すぐ傍に妹の顔があった。妹とはひどく年齢が違うので、私の眼からみると、若い女にみえる。

「あと二十分で、おれは死ぬんだそうだ。そのころ念のために見にきてほしい」

「はい」

呆気ないくらい素直に返事して、立去ろうとする。ポケットに、まだ二万円ほど残っているのをおもい出した。持っていても仕方がない。

「おい、これ小遣いだ」

掌に握らせると、黙って妹は姿を消した。私は、ベッドに向って歩き出した。楽隊が演奏をはじめた。まだ夢とは気付いていないが、夢が薄れかかってきているせいか、その曲目をはっきり聞き取ることができない。

一見猥本風

「×××」

と、全裸の京子は、ベッドの上に仰向けになって、軀を波うたせた。

床に立った中年男は、京子の上に軀を折り曲げて、掌を巧みに使いながら、

「だいぶ、分ってきたな」

にやり、と笑う。

「それにしても、すこし進歩が早すぎはしないか」

「だって……」

「おまえは、まだヴァージンなんだぞ」

「××て、××て」

京子は、哀願する声音で言った。

「駄目だ。おまえは、ヴァージンのままで、結婚するんだ。式は半月あとに迫っているじゃないか」

その男の声が耳に届かないかのように、ベッドの上で××を×きく×××、両手で×××を押し××××、×の臓腑《はらわた》が××まで×××××、白い×××××赤く×××

すると、

「×××××××」

と、眼に霞がかかったように××××××××××××(以下四行削除)。

「駄目だ」

と、もう一度、男は言った。

「だって、もうあたしは、どうなってもいいわ。あなたって、悪魔みたいな人なんですもの」

悪魔というと大袈裟になるが、たしかに男はえたいの知れない人物である。

由緒正しい家の令嬢である京子は、生花の稽古の帰り途に、その男に誘拐されて、マンションの一室に幽閉されてしまった。

婚約が整い、結婚式まで、あと一ヵ月という時期だった。

男は、京子の父親宛にまず電報を打った。

『オジョウサン」ブジ」サガストキケン」アトフミ』

つづいて、速達を出した。

『京子嬢のヴァージンは、保証する。式の前々日に、かならず手もとに戻す。ただし、警察に連絡したり、私立探偵に依頼した場合は、前言は直ちに取消されることを承知しておいていただきたい。

追伸。朗報をお伝えする。わたしの診断によって、京子嬢はまぎれもないヴァージンであることが証明された。わたしは新郎となる予定の青年が、当節珍しく（でもないか）、異常にヴァージンに執着していることを知っている』

この中年男は、医学の心得があるが、医師ではない。といって、ヤクザでもない。正体不明の怪人物である。

しかし、どういう男かは、話の進行とともに分ってくる筈である。

私（筆者）には、猥本のコレクション趣味はまったくない。書庫には、一冊もその種の本はない。しかし、いろいろの機会に、かなりの数の猥本（ガリ版刷り・タイプ印刷・活字本）に眼を通す機会があった。

この頃では、一流ホテルの書籍売場に、米国産のオブシーン・ブックが、無造作に売られている。『COME』というのを一冊買ってみたが、ハデな内容である。しかし、表現技術が進歩しすぎている感をもった。

「スーハー、スーハー」

にあたる文字を探してみたが、そんな古風な声は出てこないで、

「Mmmmmm……」

などと、品よく書かれている。

わが国のものにも、そういう傾向が強くなってきている。いまや、「スーハー、スーハー」は、デキシーランド・ジャズのようなもので、私はその素朴な味わいを懐しむことしきりである。

もっとも、いわゆる「スーハーもの」は、読むに耐えないものばかりである。理想と現実には、大きな喰い違いがある。

その種の本で、私の感心したものが一冊だけあった。ある有名作家の小説の書き出しの数行をそのまま引写して、そこから物語が展開してゆく。すくない登場人物で、かなり複雑な物語が、格調正しい文章で書かれてある。

どこに、私が感心したか。眼をつむって任意の頁を開くと、

「スーハー、スーハー」

という表記が、かならず眼に入ってくる。

百頁ほどの本だったが、だらだら書けば五百頁にはなる内容をもった物語である。そのあらゆる頁に、そういう烈しい呼吸音を嵌《は》めこむことができたというのは、なかなかの才能である。

その本の入手経路は、裏町で、

「ちょっとちょっと、面白い本があるよ」

と、眼つきの悪いおにいさんに買わされたものだから、ヤクザの資金源の一部である。とすると、筆者はヤクザかもしれない。野に遺賢あり、といえようか。

一室に閉じこめられた京子は、一糸まとわぬ（懐しい言葉である。中学生のときには、その活字を見るだけで興奮したものだ。しかし、この言葉も古びた。いまでは、むしろ滑稽な効果を与えてくる）姿で、夜も昼もずっと過させられている。

男は、京子の肉体の開発に取りかかった。この女に、官能についての才能があったので、それは驚くほどの速さで進んだ。

しかし、男は京子のヴァージンだけは、けっして破ろうとはしない。

性欲に取憑かれたとき、常人ならば男には、いつもどこか一点醒めているところがある。

これが男のなさけなさであり、哀しさである。

一方、女は不感症冷感症を除いて、性欲が爪先から脳味噌まで行き亙ってしまう。妊娠してはぜったいに困る立場の女でも、その瞬間には、膣外射精をしようとする男の心遣いを、許さない。そして、醒めてくると、心配しはじめる。これが、女のなさけなさであり、哀しさである。

京子は自分が式の前々日には、自宅に帰されることを知っている。両親は、京子の不在を巧みに取りつくろってくれている筈だ。あと幾日か辛抱すれば、平和な時間に入ることができる。そのことは分っている。しかし、狂気のようになる瞬間に襲われる。

それ以上の新しい快楽（たとえそれが最初は苦痛であるらしいと分っていても）へ向って、手を差し伸べる。

「もう、どうなってもいいの」

と、叫ぶ。

しかし、男はそれを許さない。

『長いあいだ探していた女に、どうやら会えたのかもしれないな』

男は心の中で呟いて、京子の狂態を真剣な眼で見詰めている。

『だが、まだ分らない。今度も駄目かもしれない』

男の期待と不安の表情の奥に、厭世的な色が漂っている。また、思い詰めた気配もあった。

「あと三日経てば、家へ帰れそうだ」

男の声音に、苛立たしさが混った。女は聞き咎めて、

「……そうだ、なんて。そういう約束でしょう」

「もちろん、約束は守る」

「それじゃ、なぜ曖昧な言い方をするの」

男は、黙っている。

「それに、なぜあたしをこんな目に遭わせているの。虐《いじ》めるのが愉しいの」

「すこしも愉しくはないさ」

女は意外な顔になって、

「なぜ」

と、重ねて訊ねた。

「それよりも、家に帰りたいか」

「もちろん、こんな……」

その語尾が弱く、曖昧になった。

「約束は守る」

男がもう一度、言う。

「でも、もう駄目かしら。こんなになってしまうんじゃ、ヴァージンだとおもってくれないもの」

女の腿《もも》の合せ目に、男は手を置き、

「これは……」

不意に、眼が光った。

「きれいにしてあげよう」

白い腕を摑んで、ベッドから浴室へ引張ってゆく。強い力で、一刻の猶予も許さぬ、という慌しさであった。

空のバスタブに男は栓を嵌めると、その中に女を立たせた。シャワーを片手に持ち、女の腿の付根へ向けて烈しく温水を浴せかけた。

強い水圧である。

「あ」

躯の力が抜け、蹲りかかった女の腕を引上げるようにして、

「真直ぐ、立つんだ」

と、烈しく言うと、シャワーを止めた。

次の瞬間、女の軀からゆっくりと粘った液体が流れ出した。腿の内側を部厚い透明な舌が這い下ってゆくように流れ、膝から脚をつたわり、踵《かかと》の下に溜りはじめた。流出してゆく液体は、しだいにその量と速度を増し、ゆっくりとバスタブの水位が上ってゆく。

男は衣服を脱ぎ去った。

バスタブの液体は、その三分の二を満たしている。裸の男は、歓喜の表情を浮べて、

「長いあいだ探していた女は、おまえだったのだ」

と言うと、女の額に軽く唇を当て、俯せに歓びの水に身を沈めた。男の薄くなりかかった後頭部の髪の毛が、うねるように動いている粘った液体の中に浸った。

男の息が、まるい泡になって、ひとしきり浮び上ってくる。

不意に、その女の形は掻き消すように、見えなくなってしまい、男の溺死体だけが残された。

暗い道

麻雀が半荘《ハンチャン》六回終ると、疲れ果てた。数年前までは、徹夜もできたのだが。

ＫとＡは、まだ物足らなそうな顔をしている。

場所は、都心の和風旅館である。といっても、色気のある家ではない。地方に住んでいる小説家Ｋが上京してきたとき、仕事場にしている旅館である。

その夜は、旅館の女将《おかみ》をまじえて、卓を囲んだ。

午後八時からはじめた麻雀なので、午前二時になっている。

「もう帰る」

と言うと、ＫとＡは不服そうな顔をしていたが、

「仕方がない、トランプでも二人でやるか」

ＫとＡとが、二人同時にそう言った。女将のＮちゃんは顔をしかめて、

「あたしゃ厭だよ、差しでやってよ」

厭だというのも無理はない。この二人が向い合って、ブラック・ジャックをはじめると、何十時間経てばおわるか見当が付かない。

二人とも齢《よわい》五十なのに、恐ろしいほどの体力である。先日も、この二人が対坐して、えんえん三十時間に及んだ。

「Nちゃん、灰皿っ」

Kの胴間声がひびく。これは、タバコの吸い過ぎで、灰皿が一ぱいになったのとは違う。Kはつねづねこう宣言しているのだ。

「おれはな、赫《か》っとするタチだから、そうなったら、何をするか分らないぞ。灰皿は傍から離しておけよ、おめえっちの頭をガチンとやるかもしれないからな」

徹夜になったゲームが、翌日の午後までつづいている。二人の閉じこもった一室から、

「ウォーッ」

「ギャーッ」

という叫び声が、時折ひびいて、あとは静かになる。

丁度、全日空のハイジャック事件のあった頃で、Nちゃんから家にいる私のところに電話がかかってきた。

「うちの旅館、まるでハイジャックに乗っ取られたヒコーキみたいになって、みんな息をひそめているのよ」

「もう二十時間くらい続いているんだろう、どうなるんだ」

「どっちかが死ぬまでやるんだ、って叫んでいたわ」

喚き声が聞えるので、Nちゃんがそっと覗きに行くと、二人の大男がぬうっと畳の上に立上って睨み合っているところだった。間もなく、腰をおろしゲームを続けはじめた、と言う。

今夜もまた同じようなことになりそうなので、一人で帰ることにした。

戸外へ出て、三百メートルほど離れた駐車場まで四角い石を並べた歩道の上に、靴の底を当てる。傍の車道はアスファルト舗装で、都心の街には土がない。

梅雨の時期はまだ終らず、雨は降っていなかったが、湿った空気が肺に入ってくる。

大通りから離れた道には、街燈が疎《まば》らで薄暗い。

疲れているので、三百メートルの距離が長く感じられはじめたとき、目の前の路地から黒い影が出てきた。浮浪者のような風体のその男が、すうっと傍に寄ってくると、低い声で言った。

「海は、まだ、遠いですか」

都会のまん中での質問である。

「え」

問い返す言葉だが、じつは背筋が寒くなって出た声である。

「海はまだ遠いですか」

もう一度、男が言った。

首を振って、黙って早足になった。首を縦に振ったか、横に振ったか……、この際どちらでも同じことだ。

背中に神経を集めて歩いているが、追ってくる気配はない。

やがて、眼の前に、駐車場の入口が黒い穴になって開いているのが見えてきた。

運転席に坐ると、一層疲労が強く感じられてきた。これから車を動かすのが、億劫である。

なにか癪《しゃく》にさわる気分が起ってきた。いま怯えた自分にたいしての気持でもある。

「あの野郎」

黒い影で、顔は見えなかった。

「それにしても、なんであんなことを訊ねやがったんだろう」

と呟きながら、セル・モーターをまわした。エンジンが、鈍い音で響きはじめた。

高速道路を走っている。

先日の深夜、タクシーに乗って、

「高速に入ってもいいですよ」

と、言った。その道路を使うと遠まわりになるのだったが、信号に引っかかるのが煩《うるさ》い気分になっていた。

それまで、乱暴な言葉遣いだった運転手が、にわかに丁寧な態度になって、

「え、いいんですか。有難いお客さんですなあ」

と言い、車のすくない高速道路を走らせながら、

「いい気持です。まるで、専用道路ですねえ、一日中のストレスが一挙に吹飛びますよ」

感謝の言葉を繰返す。効果を計算して言ったことではなかったので、くすぐったかったが、「なるほど」ともおもった。

しかし、いま高速道路を走っていても、一向に疲れは抜けて行かない。

かえって、腹が立ってきた。

「あの野郎」

また、あの男のことが、頭の中に出てきた。

「真直ぐにどんどん歩きなさい。そんなに遠くはないですよ」

そう言って、東京湾の方角を指さしてやればよかった。

そう考えたときから、フロントガラスの向うの視界の有様がすこしずつ変ってきた。

都内の高速道路は、蛇行している。一本道のカーブのところの壁が数百メートル向うに見え、そのカーブを曲ると次の壁が見えてくる。

そのことに変りはないのだが、視野にある道路の分量がしだいに減って、青黒い空のひろがりが大きくなってゆく。

「これは、どういうわけか」

ふと気付くと、胃の高さにあったハンドルの下辺が、胸のあたりにきていた。

浴槽にゆっくり水が溜ってゆくように、ハンドルがせり上ってゆき、空の部分が拡がって、道路が見えなくなってしまいそうだ。

自動車が、突然巨《おお》きく膨れ上りはじめた、とおもった。

このままでは、衝突だ。そのとき、家に辿りついた。車は支障なく車庫に収まった。とすると、巨きくなったのは車ではない。私の軀が小さくなっていったのだ。

いそいで、背伸びしてドアのロックをはずすと、外へ出た。地面へ降り立つのには、大きく股を開かなくてはならない。

飛び上るようにして、玄関のベルのボタンを押したとき、

「海は近いですよ」

と、あの男の声が聞えてきたような気がした。

胴を左右から強く締めつけられるような心持がして、烈しい苦痛を覚えた。柔らかい肉のようなものなのだが、強い力で締め付けられて呼吸がとまりそうになった。もう一度、似た感覚が襲ってきた。今度は、以前より堅いコリコリした肉である。

しばらくは、暗い湿った密室の中に閉じこめられた。そして、抵抗感なくその部屋から細い裂目を通って暗い海へ投げ出された。

間もなく、烈しい、痛烈と呼んでいいほどの快感。

(なにを言っているのか分らない場合は、自分の生涯をフィルムを逆回転して、受胎・射精の瞬間まで遡ってください)。

粘った液体の中を、私は泳いでいる。

依然として真暗で、水の色も見えない。

まわりには、幾億匹の仲間がいて、活潑に細い尻尾を動かして、泳ぎまわっている。泳いでゆくコースが急角度に変り、まるで跳ねているようにみえる。

私は自由だ。

しかし、あまり活潑に動きたくない。

近くに、ふたたび堅い裂目が見えてくる。あの部分は、たしか薄桃色をしていたようだった。もう決して、中には入りたくない。

私の軀は、顕微鏡でしか見ることができないくらい、小さくなってしまった。勢込んで、突進している無数の仲間がいる。馬鹿なやつらだ。

でも、やつらはまだなにも知らないのだから、仕方がない。

私はもう、分った。

絶対に入らない。

万一、吸い込まれても、尻尾を振立てて活潑に突進むことだけはしたくない。怠惰に、なるべく怠惰に……。

待つ女

女は待っている。かならず予告をして訪れてくる男なので、電話のベルが鳴り出すのを待っている。

気紛れな男である。幾日も電話をかけて寄越さない。しかし、四日も経てば電話のベルが鳴るのが、これまでの例だった。

今夜は、その四日目に当っている。

女の部屋は、アパートの四階の一室にある。鏡台の前に坐って、女は念入りに化粧をはじめる。先日、剃ってしまった眉毛のところに、細く墨を入れたり、それをまた拭い去ったりしてみる。

化粧を終えると、素肌に着けているブラウスとスカートを脱ぎ去って、全裸でベッドに入ってみる。

　電話は、鳴らない。

　俯せになって、片腕を伸ばし、テレビのスイッチを捻《ひね》る。画面に若い男の歌手が現れて、艶歌を大きな身振りでうたっている。

　音だけ、消してみる。

　口だけが、ぱくぱく動く。眉の間に深い皺を寄せて、沈痛な表情をつくってみせたりする。音が伴っていないので、馬鹿馬鹿しい感じに見える。滑稽にも見える。やがて、虚しい気分になってきた。

　また、腕を伸ばして、チャンネルを変えるための小さな円盤をまわす。硬い音がして、4、6、8、10、と動いてゆく度に、画面が変る。ドラマの画面が出てきた。男と女が向い合って、唇だけ交互に動く。

　女は声を出して、その唇の動きに合せてみる。

「なによ、あんたなんか、あんまりいい気になっていると……」

「どうなる」

「浮気してやるわよ」

　数年前、生活が乱れた時期があった。そのころの男の顔が幾つも目の前に並ぶ。しかし、その顔は小さく遠く、膜を隔てているようで、なまなましさがない。その男たちと皮膚を擦り合せたということが、嘘だったような気分になる。

テレビを消して、またベッドを出た。

外出用の衣裳を、ゆっくりした動作で身に纏ってゆく。靴まで穿いて、部屋の中を歩きまわる。

しかし、外出する気持はない。

女は待っている。

その衣裳を脱ぎ捨て、別の洋服を着てみる。その次には、ネグリジェに替える。

また鏡台に向い、手の爪のマニキュアを拭い落す。黒いエナメルを選んで、丹念に十本とも塗ってみる。

電話が鳴った。

この部屋に引越してきてから、男のほかの誰にも番号を教えていない。二つ目のベルが鳴りはじめたとき、受話器をはずす。しかし、弾んだ声を出さない。

「はい」

と、低い声で言う。それは女の気取りである。

その電話は、番号を間違えて、かかってきたものだった。女は丁寧に、しかし事務的なよそよそしさを声にこめて、その旨を相手に告げる。

受話器を戻すと、ぼんやりした気分で、窓に近寄った。閉め切っている窓のガラス越しに、夜の街が見える。遠くに、大きなマンションが建っていて、その沢山の窓が四角く灯をともしている。全部の窓が明るいわけではなく、斑に黒い窓がある。黄色い明るい窓の向うには、人間たちがいる。その窓の一つ一つの内側には、いろいろの生活がある。

灯をともした窓を眺めているうちに、物悲しい気分になってきた。

視線を手前に移す。女の窓から五十メートルほど向うに、広い道がある。

自転車が一台、道の端をゆっくり動いている。懐中電燈が取付けてある。自転車を見るのは、珍しい。酔っている男が乗っているのか、ハンドルが揺れる。薄暗い光の中で、黒い骨でできているような自転車が、大きく揺れて倒れた。

男は倒れていない。背を踞《かが》めて立ち、その足もとに、投げ捨てられたように自転車がある。

男は同じ姿勢をつづけている。男の軀の前で、小さく火が燃え上った。マッチを擦ったらしい。小さな火が動いて、タバコに火を移したようだ。もっと小さい火が、点滅しはじめた。

倒れたのではなくて、道端に自転車を邪慳《じゃけん》に倒して、タバコを吸いはじめたらしかった。

女は窓を離れた。

ネグリジェを脱ぎ捨て、素肌に真紅の長襦袢を纏ってみる。紐を二本使って、強く胴を締め上げる。

そのままの姿で、また鏡台の前に坐る。鏡の中の自分を、しばらく眺めている。背中に汗の滲んできはじめたのが分り、眼尻が下ってきた。それが、どういう現象か、女は知っている。長襦袢の胸を開いて、片方の乳房を出してみる。薄桃色の乳暈が大きく膨らんで、丘のようになっている。

女はいそいで立上り、電燈を消してから、ベッドに倒れるように仰向けになる。紐を取去り、横たわったまま、軀を揉んで長襦袢を脱ぎ捨てる。

頭髪の下の地肌まで、汗がにじみ出ているのが分る。片脚を深く曲げて、指先で膝の裏に触ってみると、水を浴びたあとのように濡れている。

女の待つ気持が、一層烈しくなる。

電話機は、頭の傍のサイド・テーブルの上にある。しかし、それは鳴らない。

男は部屋に入ってくると、立ったまま鼻腔をふくらませて、

「匂う、匂いがする」

と、いつも言う。

そのことを思い出して、女は大きく息を吸い込む。部屋に閉じこもっている女の嗅覚は麻痺していて、においを感じることができない。

しかし、部屋の空気が粘りはじめ、においを放ちはじめたような感じに捉えられる。

恥ずかしい気持が起り、女はベッドを出て窓に寄る。

部屋の空気を入れ替えるつもりで、窓を開く。戸外の空気には、はっきり夜の匂いがした。

郷愁をそそる匂いで、子供のころを思い出すより前に、女は自分が子供になってしまった。迷子になって蹲ると、まわりに際限もなく広い空間ができて、自分はその一点になってしまう。

取残されてしまった心細さで、小さな泣き声が閉じた唇から出てきた。

女には、待つ心持がこの数ヵ月続いている。

待たせる時期も、以前にはあった。

女は待つ。

ベッドに戻り、しばらく泣く。軀をまるめて、女は虫のようになったまま泣きつづける。

やがて、泣き声を変えてみることができるようになっているのに気付く。咽喉の奥で音を鳴らしたり、唇のところで震わせてみたりしている。

そのことに気付くと、女は泣くのをやめた。電燈を点す。黒い電話機が照らし出されている。

その電話機は、黙ったままだ。

女はその器械を、睨みつけてみる。

女の視線を撥ね返すように、電話機が膨れ上りはじめた。がくっがくっと一まわりずつはっきり区切りをつけて、大きくなってゆく。

女の目の前に、男の声がひびいてくる筈の受話器の穴が大きく開き、軀ごと吸い込まれそうになる。

烈しく女は首を振り、その幻覚を追い払う。間もなく、電話機は元の大きさに戻った。

女は電話のベルを待つ。

全身が耳になってゆく。軀全体が巨大な耳になった気分になる。

部屋の隅の小さな置時計の音が、しだいに大きく響きはじめる。その音はすこしずつ大きくなり、ついには異常な強さになって、部屋が震動するようになる。耳は、時計の音でいっぱいになる。

「いま、電話のベルが鳴っても、聞き取れないのではないかしら」

女は不安になり、裸のまま立上って、その時計に歩み寄る。押入れの中にある箱の底に隠してしまおうとおもったのだ。

そのとき、電話が鳴った。

時計の音のあいだを真直ぐに突抜け、一本の鋭い線になって女の耳に届いた。その瞬間、大きく響きわたっていた時計の音が、一挙に狭く収縮した。

合さった二つの線は、女の足の裏から頭のほうへ突抜けてゆく。

走り寄って、受話器を耳に当てる。

「ぼくだよ」

男の声がひびいてきた。

もう、女の全身は耳ではない。受話器を押当てているのは耳殻のところに違いないのだが、子宮に直接当てられた気分になった。

「もしもし」

男の声が、鋭い線になって女を刺し、その瞬間強烈な絶頂感が襲ってきた。

小石

高原の大きな別荘で、夫人は夏を過していた。夫は外国旅行中で、小間使いと運転手とコックとが働いていた。

夫人は三十五歳で、似合いの境遇の青年と見合い結婚をして、十二年経つ。子供はいない。

人との交際を、夫人は好まない。夫がいるときには、客を招いて晩食会をすることもある。そういうときには、身嗜《みだしな》みをして、宝石を飾る。しかし宝石とか衣裳に格別の趣味を持っていない。

運転手と小間使いとは、肉体関係ができている。隠そうとしているが、わずかの仕種でそのことが露わになってしまう瞬間がある。

老齢の料理人は、小間使いをからかう。

「おまえさんは、うちの奥さまとは、えらい違いだね。ラードみたいに、いつもギトギトしている」

　腰を撫でようとする手を払い除けると、小間使いは、

「じいさんは、奥さんのファンだからね、だけど、同じ人間よ」

「えらい違いだ。あんな、ほっそりした美しいかたは、見たことがない。それに、姿かたちの輪郭がなんとなくぼんやりしていて、ふっと消えて見えなくなってしまいそうだよ」

「まるで、雪おんなの話でもしているようね。でも同じ人間よ」

「奥さまは、おまえさんのような大食いじゃないさ」

「じいさんは、旦那さまがいないと、腕のふるいようがないわね。つらい立場だわね。フルコースをぜんぶパクパク食べられても、夢が毀れるものね」

「その点は、同感だな。食《しょく》の細いかただからね。キャビアの罐でも開けておいて、といわれるのじゃ、わしも立つ瀬がない」

「どんな美人でも、ウンコはするのよ」

　料理人は厭な顔をして、

「晩食には、ヤマメでも釣ってきて、料理してみるか。おまえさんのいい人に運転してもらうからな、留守番を頼むぜ」

車の通れる幅の山道を十五キロほど走ると、渓流の近くに出る。

「奥さまも、気晴らしにいかがですか」

料理人が誘うと、

「わたし、釣はできないけど」

と、夫人は気軽に同行することになった。

車を停めて、三人は川の縁へ出た。

山の中にある川にしては、意外に穏やかな眺めである。流れは白い飛沫を散らしているが、その手前に幅の広い浅瀬が平たく拡がっている。

長靴をはいた料理人は、流れに踏みこんで大きく竿《さお》を振った。夫人は素足になって、浅瀬の水に小さい足を踝《くるぶし》のあたりまで浸している。そのまま動こうとはせず、眼を空へ向けて、放心したようになっている。

料理人の竿が、大きく撓《しな》った。

「あ」

「あ」

運転手の声と、夫人の小さな声とが重なった。

「ずいぶん早く、かかりましたね」

話しかけた運転手は、すぐに気付いた。夫人の眼は竿のほうを見ておらず、自分の足もとに向けられている。

「どうなさいました」

「きれいな石がいっぱい……」

水の面を陽の光が照らしており、その十センチメートルほど下に、さまざまな色の小石が並んでいる。その石は、滑らかな光を内側から放っているようにみえる。

「この石、車のトランクに入れておいて」

「はあ、トランクいっぱいでしょうか」

「そんなに、いらないわ」

「丁度、大きなシャベルは入っておりますが」

「それに、一、二杯でいいわ」

夫人は、車内に戻った。

魚はそれっきり、釣れなかった。

「一匹あればいいのじゃないかしら。わたしはすこしでいいのですから」

一時間ほど、車の座席に身を寄せて仮睡していたようにみえていた夫人が、運転手に言った。

夫人の晩食は、遅い時刻である。

暗くなってから、仕度のできたのを告げにきた小間使いが、

「それから、車の中の石をどうしたらよいか、と言っておりますが」

と、付け加えた。

「そうだったわね、玄関の前に敷いておくように伝えておいて……」

夫人は、眼を宙に向けたまま、そう答えた。

その翌朝。

食事の給仕を終った小間使いが、不審気な表情でたずねた。

「奥さま、なぜあんな石をわざわざ運んでいらっしゃいましたの」

「綺麗ですもの」

「でも、そこらにある砂利と同じですわよ」

「そこらにある……」

呟きながら立上ると、夫人は玄関に出た。乾いた地面の上に、変哲もない小石が撒かれてあった。色とりどりに見えたのに、いまになると灰白色の砂利といってよい。

「ほんとう……」

夫人は口を噤み、しばらく立っていた。

そのまま、部屋に戻って、なにも言わないのが、平素の夫人に似合わしい。しかし、この日は、違った。

運転手が呼ばれた。

「この石、きのうの石なの」

「もちろんでございます」

「きのうは、綺麗に見えなかったかしら」

「はあ……」

「朱色や緑の石も混っていたとおもうけど」

「はあ……」

運転手は、曖昧に答えた。夫人は、黙って佇んでいた。涙の溢れてきそうな目になっている。

「箱を用意して。その箱に、この石をみんな入れてしまって。一粒も残さずに」

木の箱が持ってこられ、運転手と料理人がその作業をはじめた。もともと少ない分量である。

石は、間もなく小さな木箱に収まった。

「どうなさるので」

「元の場所に戻してきます」

「……………」

「そうしないと、石が可哀想だわ」

「わたしたちが、片付けます」

料理人が言うと、夫人はこれまで見せたことのない強い調子で、

「いいえ、わたしが一人でします」

と言い、運転手から、車のキイを受取った。

烈しい勢でスタートした車が消え去ってゆくのを見送っていた三人のうち、老料理人が
ぽつりと言った。

「なにかあったのかな」

「あったのよ。同じ人間だって、きのう言ったじゃないの」

と、小間使いが言った。

「しかし……」

老料理人は呟くと、そのまま黙って、車の消えた道を眺めている。

薬

青年は酔っていた。酒を飲んだので、かなり金は減ったが、まだ余分の一万円が残っている。こんなことは、めったに起るものではない。

無駄に、使い果してしまいたい、と青年はおもった。足が、街の裏側に向っていた。

ときおり、歩いている女が声をかけてくる。

「にいさん、どう、つき合わない」

街娼である。

青年は独身である。性の処理のためよりも、もっと無駄ななにかが……、と彼は考えて返事をしない。

「どう……」

また、一人の女が彼の前に立った。小柄でおとなしそうな女である。伏目がちになって、佇んでいる。

「そうだ、一緒に風呂に入らないか」

不意に思いついて、青年が言った。

「それ、どういう意味」

「風呂に、一緒に入るんだよ」

「どこで」

大儀そうに、女はたずねる。

「そこらの旅館で」

「それで、どうするの」

「それだけさ。要するに、一風呂浴びるわけだ」

女は興味を示した顔になり、

「あんた、へんなことを考えるのね」

「風呂に入ろう」

青年は自分の思い付きに機嫌をよくして、もう一度繰返し、一万円札を女に渡すと、

「旅館代を払った残りは、きみのものだ」

「こんなへんな人、はじめてだわ」

あきらかに面白がっている女の腕をかかえて、青年が十メートルほど歩いたとき、女は立止った。

「ちょっと、あたしの家へ寄ってよ」

「そんな必要はない」

「すぐそこだから……、仕度をしなくちゃ」

「仕度なんかいらないだろう」

「でも、すぐそこだから」

女のほうが腕を引張るようにして、路地に入った。古い木造の平屋があった。その四畳半の部屋で、女は机の引出しから薬包を取出した。

肩で、息をしている。

包の中身の白い粉を、紅茶の罐の蓋に移した。蓋のところが、窪みになっている。水差しの水を滴らし、粉を溶かした。慌しいような、そのくせ慎重な手つきである。

女は注射器でその液体を吸い上げ、上膊《じょうはく》に深く針を刺した。

筒が空になると、腕から引抜いた注射器を乱暴に引出しに投げこみ、女は大きく息を吐いた。

「さあ、行こう」

青年が、促す。

「どこへ」

「どこへって、風呂へ行く約束じゃないか」

「ああ、そんな……」

と言うと、女は大声を出した。

「そっちは、どうなってんの」

青年は呆気に取られたが、薄い壁越しに女の声が戻ってきた。大きな声は、隣室に呼びかけたものだった。

「もうすぐ片付くところよ」

と、隣室の女の声はそう言い、

「そっちは……」

「こっちは、へんなのがきてんのよ」

大声で、叫び返している。

「風呂へ行こう」

青年は、また誘う。

「面倒くさくなったわ」

先刻までの態度のほうがずっと大儀そうだったのに、女はそう言う。

表情や身のこなしに、荒々しさが漂っている。

「行こう」

「厭よ」

断乎とした口調になってきた。

「それで、どんなにへんなやつなのさ」

隣室の女の声が、また響いてきた。

「一緒に、風呂に入りたいんだって」

「…………」

「それだけでいいんだって」

「バカじゃなくて」

敷きっ放しの汚れた布団に躯を横たえると、女は言った。

「さあ、いらっしゃいよ」

「風呂へ行こう」

青年は、意地になって繰返した。

女は、布団の上に起き直って、青年を険悪な表情で見た。先刻までの女とは、まったく別人である。

「あんた、ここがどこか見当が付いているでしょう。やらせてあげると言ってるんだから、有難いとおもいなさいよ」

「風呂へ行こう」

執拗に、青年は叫んだ。

「がたがた言ってるの」

隣室の女の声が、大きく呼びかけてきた。

「そうなのよ、がたがた言うの」

「呼んできてあげようか」

「どうするのよ、あんた。痛い目に会いたいの」

女が青年に言った。

「分ったよ」

これも、無駄の一種だろうと、彼は自分に言いきかせながら、女の軀の上に覆いかぶさっていった。

壁

部屋の窓から、左右に病棟がみえる。たくさんの窓は一つも開いていない。コの字形に挟まれている中庭も、三つの病棟もコンクリートで固められているが、古くなって灰色である。人影のまったく見えない中庭の向うは道路なのだが、コンクリートの高い塀に遮られて、人も車も見えない。

その塀の向うに、木造の洋館がみえている。矩形の三階建で、尖った屋根の傾斜のうしろに鼠色の空がすこし覗いている。

個人の住居らしいが、窓は閉ざされている。蔦が建物に絡んで、その緑色の葉が生を感じさせる唯一の色彩である。

ベッドに寝ている女は、三十をすこし過ぎた年齢である。

窓の傍に立って、外を眺めているのは、三十半ばの男である。

窓から外へ出て、中庭を走り抜け、塀を越し、その向うの家に辿り着きたい。しかし、もしそれを試みたならば、左右の建物の窓のすべてが銃眼となって、一斉に火を噴くようにおもえる。

女がベッドから降りて、近寄ってきた。癌の疑いのある人間ばかりが入ってくる病院だが、女は立居振舞に不自由はない。いま、組織の検査の結果の出る直前である。

男は窓から離れて、

「寝ていなさい」

と、女をベッドに押戻し、女の眼から景色を隠した。

「あたし、知っているのよ」

女が言う。

「…………」

「厭な眺めでしょう」

「だから、見ることはない」

ドアが開いて、看護婦が男を呼んだ。

五分後、男は戻ってきて、

「大丈夫だった」

と言い、窓の前に立った。ベッドから降りた女が、寄り添ってきて、

「ここから出れるの」

「出れる」

「でも、本当なの」

「本当なんだ、ふしぎみたいだな。今度は苦しめられた」

男はそう言って、窓の外へ眼を放っている。

鞄の中身

切出しナイフが、鳩尾《みぞおち》のところに深く突刺さったが、すこしも痛くない。その刃は真下に引下げられてゆき、厚いボール紙を切裂いてゆくのに似た鈍い音がした。

夢の話である。

裸の死体が、地面に倒れている。その死体は、私の姿をしている。周囲は暗く、倒れているものの形だけが鮮明に浮び上ってみえている。内臓をそっくり持ち去られたらしく、薄べったい形になっている。手足の長さは変らないが、ひどく細くみえた。

匿《かく》さなくてはいけない、とおもった。手軽に持ち歩けるくらいの大きさの鞄が、すぐ傍にあった。地面の底からせり上ってきたように、そこに置かれている。口を開くと空なので、死体を押込もうとする。

骨をみんな抜かれてしまっているように、その死体はくにゃくにゃしている。腹の傷痕は、なくなっている。一本の脚を四つに折り畳んで、鞄に入れる。

その作業をしていると、死体の手触りがつるつる滑らかなのに気付いた。皮膚が小麦色に光って、若い女の肌のようだ。アレルギー体質の私の皮膚は、しばしば乾いて鱗のようなのだが。ある人の飼犬が頑固な皮膚病にかかって、どんな治療をしても癒《なお》らない。その犬が死んだ。数分間経つと、刷毛《はけ》で健康な皮膚を塗りつけてゆくように綺麗になっていった、と聞いたことがある。

死体は、たやすく鞄の中に入ってしまった。その鞄を提げて逃げる。

しかし、鞄を持っているのは私なのだ。その中身も私である。なぜ逃げなくてはいけないのか、という疑いが頭を掠《かす》める。とにかく、中身は死体である。そういう鞄を持っているからには、逃げなくてはならないだろう。

走りかけて、やめた。平素の足取りで、歩いてゆく。高層ビルが目の前にみえてきた。あのビルの屋上へ上ってしまおう。そのあとの考えはなくて、追い立てられている気分だけが強い。

ビルのエレベーターの前は、無人である。腕の疲れに気付いて、鞄を床に置く。人影はないのに、いつの間にか私の鞄の隣に茶色い鞄が並んでいる。そっくり同じ形と大きさで、ボストンバッグ状のものである。

私の鞄は暗紫色で、雲母《うんも》のような輝きがある。

ボタンを押して呼び寄せたエレベーターが、私の前で扉を開いた。さいわい自動式だったし、誰ひとり乗っていなかった。二十階建のビルだった。20の数字のボタンの上に、Rのボタンがある。それを、いそいで押す。一列に並んだボタンの数字が、1から20まで素早く明滅して、たちまち屋上に着いた。

それまでの速力とは正反対に、ひどくゆっくりと扉が左右に開き、私は屋上に出た。その瞬間に気付いた。手に提げた鞄が、茶色いものに変っている。

痛みに似た恐怖が、踵のところから走り上り、腰骨のあたりで止った。慌てて振返ると、エレベーターの扉が閉り終っていた。

一階の硬い床に置き去りにされてしまっている暗紫色の鞄の輝きが、眼の底で揺れた。エレベーターのところに走り寄り、ボタンを捻り潰すように押す。しかし、扉の上の部分に横一列に並んでいる数字の10のところが、明るくなったまま動かない。すぐ隣に、扉と同じ幅で、黒い穴が矩形に開いているのに、気付く。

覗きこむと、銀色の細い金属の棒が見えた。垂直になっている筈なのに、緩やかな角度で斜めに下の暗黒の中に消えている。その角度が、安全そうな感じを起させた。茶色い鞄を、捨てた。銀色のパイプをかかえこむようにして、軀をあずける。

斜めに、私は滑り落ちてゆく。しだいに加速度がついて、パイプから腕がはずれそうになった。やはり二十階からでは無理だったか、と危険を感じた瞬間、にわかに腕が軽くなった。

足の下に、ギザギザの鉄板がある。勢よく動いていて、私の軀はその上に安定している。エスカレーターに似ているが、はるかに速く動く。しかし、横へ横へと移動してゆくようにおもえ、どこへ連れて行かれるか分らない。

困った。あの暗紫色の鞄から、ますます離れてしまう。

そのとき、私は硬い床の上に立っていた。傍に、置き去りにされていたあの鞄が暗く輝いている。その把手を摑んで、また逃げはじめた。

刺されたのは、私である。死体も、確かに私の顔をしていた。

それなら、鞄を持って逃げているのは、本当に私なのか。家に帰って、押入れの中に鞄を匿し、ゆっくり考えてみよう。

その家の場所が、突然おもい出せなくなった。逃げているのは、私ではない別人なのか。そうだとすれば、その人物の家の場所に戻ってゆく筈である。

自分の顔を見たいとおもった。

しかし、視線の当るところだけが明るく浮び上り、自分のまわりは黒い。視界の中には、鏡は出てこない。ガラス窓の類があれば、朧げに姿を映し出す筈なのだが、それも見当らない。

自分の家の場所をおもい出そうとしながら、傍の町並みを眺める。『何町何丁目』という標識板が目に入る。その板は、いま目の前にある門の柱に打付けられてあった。見覚えのある町の名だとおもい、昔の女がその町に住んでいることを思い出した。

やはり、鞄を提げて動きまわっているのは、私なのだ。

その女とはずいぶん馴染んだが、いまは結婚して子供を産んだという噂を聞いている。五年くらい会っていない。未練があるわけではなく、その町の名を覚えているのは、変った町名であったからだ。たとえば、泪橋《なみだばし》とか筋違町とか龍髭町とかいったように。

それにしても、結婚すると女は男の姓に変るのだが、あの姓はなんといったのだったか……。咽喉のところまで出てきているのだが、そこで引懸ってしまっている。

しばらく視界は黒く、なにも見えていない。その黒さがしだいに薄らいできて、不意に一軒の家の玄関のドアが開く。

その女と向い合って、私は立っていた。

「しばらくだったね、元気ですか」

「………」

「子供が生れたと聞いたけど」

「あの、どなたでしょう」

あたりを、私は見まわした。周囲は依然として黒く、女の姿だけオレンジ色の光に照らし出されている。その輪郭がとくに光っている。

昼か夜か、はっきりしない。もし夜だとすると……。

「あ、いま、これが」

と、親指を突出すように立てて、その仕種をしている自分に意外な気分が起った。そういう素振りをして女に話しかけたことは、これまでに記憶がない。

やはり、私はじつは私ではなくなっているのではないか。

「いやいや、ご主人がいま家にいる……」

と、言い直し、反動でいくぶん言葉づかいが丁寧になった。

「いえ、主人はまだ会社から戻ってきませんけれど」

女は、他人行儀に答える。

「そんな……」

そのよそよそしさに、たじろいだが、気持を立て直して言ってみた。

「ちょっと、コンパクトを貸して……」

以前、その女と一緒に酒を飲むときには、いつも必ず私はコンパクトを借りて、その小さい鏡に顔を映してみた。アレルギー体質なので、顔面が紅潮してきているときは、もうそれ以上飲まないほうがよい、という信号の役目になっている。

それが、女と私が会ったときの儀式のようになっていた。しかし、女にはそのことを思い出した様子がない。

胴から腰にかけての線の綺麗な女だったが、そういうことはこの際どうでもいい。女がわざと他人行儀に振舞っているのか、それとも私が他人の顔になってしまっているのか。女のコンパクトの鏡に、顔を映してみたい。

「コンパクトですって。そんな、なれなれしい」

「なれなれしい、とはねえ。昔のことは、忘れてしまいたいというわけ」

「それ、どういう意味なんでしょう」

「ぼくに見覚えがない、とでもいうのでしょうか」

半ば不安、半ば厭味をこめた言い方になった。

「見覚えがない、といったって、今日はじめて会ったんですもの」

「それ、本当ですか」

「ええ、本当よ」

不安が強くなってきた。

「もう一度聞くけれど、コンパクトと聞いても、なにも思い出さない」

「ええ、なんにも」

鏡が見たい。窓ガラスでもないだろうか、と見まわしたが、相変らず周囲はまっ黒である。

地面に置いた鞄の上に背を跼《かが》めて、その掛金をはずそうとした。その中に詰っている死体の顔の部分を探し出し、それに両手を掛けて女の方に向けてみるつもりになっている。

「これと同じ……」

なかなかはずれない掛金に苛立って、言葉がそこで止った。女はいそいで、

「そういうものなら、間に合ってます」

と言い、ドアを私の鼻先で勢よく閉めた。間に合っている……、死体が間に合っているとは、どういうことか、と一瞬私は戸惑い、すぐに気付いた。

「これと同じ顔を、私はしていませんか」

死体の顔を女に示して、質問してみるつもりだった。背を跼めて鞄の掛金をはずそうとした私をみて、女は化粧品かなにかのセールスマンの訪問とおもった、としか解釈の仕様

のない言葉である。

ただ、私が女にとって見覚えがなくなっているためか、女の意地悪なのか、まだ判断が付きかねている。

数年間の女とのつき合いのうちで、かなりの回数ひそかな形で意地悪な仕打を受けたことがある。私は女をやさしく取扱ったつもりだったが、自分に必要を感じたときにしか、会おうとしなかった。気紛れであった。そういう態度が、女を傷つけていることを知っていた。

女の意地悪は、深いところに棘を隠していた。やさしい振舞や、私にたいする褒め言葉などの中に、隠微な皮肉がかくされていた。しかし、私は表情をまったく変えなかった。そのときの悪意に、私が気付いているかどうかは、女にとって曖昧だった筈である。

女は会う約束の時刻を守らないで、そのまま姿を見せず、自分が註文どおりに取寄せることのできる品物ではないことを示したりした。そういうことは、何度もあった。

ホテルに向う車に女を乗せると、たちまち、女の匂いが車内にいっぱいになる。強い匂いではない。女は体臭をもっていない。小麦色の肌であたためられた香水が、独特の官能的な匂いとなって、漂いはじめる。それは、やわらかい微かな匂いなのだが、私の鼻腔を鋭く刺す。そのために、女とのつき合いが長くなった、といってもよいくらいだ。

時折、その匂いが強すぎることがある。肌につける香水の分量が平素より多いのではないか、と私はおもい、女の生理の時期なのかと最初のときには疑った。しかし、ホテルの中でその気配はなかった。匂いが強いだけではなく、かすかな異臭があって、口紅の色がいつもより濃くみえた。全身から漂ってくる気配も、微妙に違う。

「コールガールの商売をはじめているのではあるまいか」

架空の疑いとは分っていても、その考えがなかなか頭の中から出て行かない。そういう時期には、女の軀を別の一人の男、あるいは数人の男と共有しているのだろう、と私は考えていた。

その気配がとくに強く感じられたある日、女と私はホテルの近くのレストランで食事を終えた。そのまま、ホテルの部屋へ行くのが当然のように、おもっていた。

レストランを出ると、

「このまま、帰るわ」

と、女は言った。

「どうして」

そう問い返しただけで、私は黙って立っていた。女はまるで私の手がその腕を摑んででもいるように、振切るような仕種をして、歩き出した。直前まで、なごやかに食事をしていたのだし、私に失言はなかった。女のうしろ姿を眺めていた。時折、身を捩るようにしながら歩いて行く。肌に粘りつくものを追い払いそこなって、自分の身を不潔なものと感じているようにみえた。女は振返らず、しだいにその背は小さくなっていった。

「いま、またその時期になっているのか」

このときにも、私は自分のことを、「共有している一人」と感じた。

そして、数日経つと、女は前と同じように私の誘いに応じるのだ。

……いまの女の応対は、最後の意地悪であるかもしれない。もう一度、私は最初からこの日の経緯を思い返してみようとした。

まず、切出しナイフが私の腹を刺した。そのときは、すこしも痛くなかった……。そうおもったとき、烈しい痛みを感じて、目が覚めた。

胃から腹にかけて痛みがあり、それがどの部分なのか判然としない。ベッドの上に起き上りそのまま蹲《うずくま》る形になったが、夢の滓《かす》がまだ頭の中に残っている。腹のところを剝き出しにして調べてみるが、当然そこには傷痕はない。しかし、鞄に入れた死体の腹にも傷は残っていなかったことをおもい出し、すこし厭な気分になった。

「盲腸の痛みかな」

そうなれば、あらためて傷が付くわけか。そんなことを考えながら、ベッドの周囲の床を見た。まだ、そこに濃い紫に暗く輝いていた鞄が置かれているような錯覚がある。戸棚に納めてある私の鞄は、色も形もまったく違う。

痛みがすこし薄らいできた。

「寝冷えでもしたのだろう」

あるいは、夢の情景の積み重なりが、胃の神経を刺したのかもしれない。昔、食中毒で目が覚めたときには、頭蓋骨を棒で強く殴りつけられたような感覚で、それは痛みとは呼べないもの、痛みを通り越したものだった。

ベッドから下りて、私はおずおずと歩き出す。洗面所へ行くつもりで床に立ったのだが、私の手は戸棚を開いていて、その中を確かめている。使い馴れた黒い鞄が、そこにあった。その鞄に手をかけて揺すぶってみた。中身が空と分る、軽い手応えが戻ってきた。

当り前のことなのだが、軽い安堵感があった。洗面所に入り、鏡に顔を映してみた。いつもの顔だが、すこし腫《は》れぼったい。夢の中で、あの女の見た顔は私のものだったのか、まったく別人のものだったか。

考えても意味のないことなのだが、夢の滓がまだ軀の底に溜っている。痛みはかなり弱くなってきたが、まだ残っている。その痛みにさからうような気持で、つめたい水を大きなコップに一杯、飲んだ。

水で顔を洗う。

「また、一日がはじまるのか」

と、私は呟いた。

三人の警官

何年に一度しかない議論というものを、二十歳も年下の男を相手にして酒場ではじめてしまった。

そのときは、ミキが一緒だった。

一時間前、ミキと私はべつの酒場にいた。そのクラブには、ほとんど満員の客が入っていた。ミキは小柄でいくぶん斜視だが、ハデな顔立ちでよく目立つ。髪を長く肩まで垂らしている。

ミキと私は壁を背にして腰かけ、私たちの前にその店の女がいた。

ミキが私に目配せした。

「そろそろ、はじめましょうよ」

という合図である。

頷いた私は、ミキの長い髪のうしろをかき上げて、洋服の背中のボタンを一つ一つはずしはじめる。腰の上まで連なっているボタンを、全部はずしてしまった。

ミキのとなりに腰をおろしたまま、私はその洋服の襟のあたりに手を触れる。撫で肩のために、布はたちまち両肩からはずれて前に落ちた。ブラジャーをしていないので、乳房の隆起がそのまま露わになった。かなりの大きさで、薄桃色の乳首が綺麗である。

「あらあら」

前にいる女が、自分のことのように狼狽したが、そう言ったまま坐っている。やがて、店の中にいる人々が気付いて、一瞬シンとなった。ミキは、胸を張って艶《あで》やかに笑っている。

黒服のマネージャーが、急ぎ足で寄ってきた。

「お客さま、ご冗談は困ります」

「なぜ」

「なぜと申しましても……、若い女のかたが突然そんな恰好になられますと」

「若い女か……」

と言って、私はその乳房を撫でてみると、ミキは身を揉んで機嫌よく笑う。

「困ります、困ります」

マネージャーが言う。

「そうか、困るといえば、困るかな」

私はミキの洋服を元通りにして、ゆっくりボタンをかけた。店の中がざわめいて、吐息のような音も聞えた。

「きれいな乳房だろ」

「ええ、でも……」

と、前の女は私たちの突飛な振舞の意味を知りたがっている顔になっている。

「男の胸が女のかたちをしていて、その胸を男が出しても、やっぱりいけないわけだな」

私がそう言ってみると、

「なによ、ややこしい。あたしは、女だわよ」

と、ミキが言った。声を出すと、分ってしまう。ゲイボーイ特有の声である。

「あら」

前の女が、もう一度、驚いた顔になった。あとで、その事実は店の中に伝わってゆくにきまっている。

「もう一軒、行きましょうよ」

ミキは立上って、私を促す。ミキとは飲み友だちのようなものだが、行く先々の店で乳房を出すことが、儀式のようになっている。店内の人々を驚かすことで、自分の軀が女のかたちになっていることを確認し、それが快感につながっているようだ。

地下室のバーへ降りて行こうとすると、

「あら、ここなの」

と、ミキは不満気である。マダムとバーテンだけの小さいバーで、顔馴染になっているので、ミキの見せ場は客が対象に限られてしまうしその数もすくなくなる。

「もういいじゃないか、今夜は疲れたよ。ゆっくり飲もう」

ドアを開くと、目の前に年下の友人がいた。同年輩の仲間二人と一緒だが、その二人は顔を知っているだけである。

この連中と議論になった。酔っているときは、頭の中が明晰でないので、論旨が擦れ違って僅かの距離を進むのに時間がかかる。ふと気付くと一時間くらい経っているのに、話はほとんど同じところをまわっていて、まったく馬鹿らしい。

議論のキッカケといえば、スプーンが曲るのは超能力かどうか、ということで、これも馬鹿らしい。

もちろんそれは手品だ、と私は言い、相手は三人がかりで、そういう発想は老化現象のの人生につきものである。腹の中で泣いている男が多い。それだけで済むことではなく、東奔西走、なんとか処理しようとしている。

「やっぱり、まだ子供なんだなあ」

とおもっていた相手から、老化現象といわれるのは心外である。

「人間の能力には、まだ未開拓の部分がありますよ」

「それは否定しないが、スプーンの場合は話が違う。念力をかけても、時計は逆にはまわらないだろう」

「しかし、現にスプーンは曲っているじゃありませんか」

「それは、どこかで力を入れているんだよ」

私は、その店のスプーンを、片手で二、三本曲げてみせた。

「そこが老化現象というんですよ。超能力で曲ると考えたほうが、人生が豊かになる」

「スプーンが曲ると人生が豊かになるとおもうのは、気の弱りだ」

傍で、ミキがアクビをした。

私は話の角度を変えようとした。

「これがスプーンでよかったよ。スプーンじゃなかったら、話がもっと厄介になる。戦争中にまた逆戻りして、制服を着せられたいのか」

しかし、相手は納得しない。ミキが、突然言った。

「あたし、制服って、大好き」

「なぜ、好きなんだ」

「とっても、感じちゃう」

「話が別だよ、自分が着せられるのも、好きなのか」

「それは厭よ」

「しかし、なぜ制服に感じちゃうんだ」

「だって、恰好がいいもの」

「巡査の制服って、恰好がいいか。水兵のセーラー服も、かなり侘しいぜ」

「でも、感じちゃう」

制服のうしろにある集団を感じるのではないか、と私はおもった。男ばかりの集団の、汗のにおいの混った男くささを……。ミキも酔っぱらっている。そんなことを言ってみても、無意味なことのようだ。だいたい、私たちは何を話し合っていたのか。歯車が噛み合って、論理的に話が動いてゆくことがなく、そのくせ時間だけはするすると流れてゆく。もう夜中の三時に近く、テーブルの上はきれいに片付けられてしまっている。会話はますます断片的になり、三人の青年の一人が、ついに紋切型の言葉を口にした。

「戦争中は、大人がだらしなかったんだ」

「そうかね、スプーンが曲ることを信じているようでは、君たちが戦争中に生きていたら、神風が吹くのを信じたろう」

そう答えてから、私は自分が戦争中には大人ではなくて少年だったことに気づいた。

「おれも、戦争のときはまだ子供だったが、そうとばかりは言えないな」

腹は立っていないので、言葉のやりとりはトゲトゲしくならないが、苛立たしい気分にはなっている。

「戦争体験なんか、大したもんじゃない」

青年の一人が、そう言う。苛立たしい気分が一層濃くなった。

「そうかもしれないがね、戦争のときの日常生活というのは厭なもんだよ。毎晩空襲警報のサイレンが大きな音で鳴ってな、防空壕になんかいちいち入りはしないが、目が覚めてしまう。電車に乗ろうとおもえば、一時間くらい待たなくてはこないし……」

そういう言い方で反論をしているとき、ドアが勢よく開いた。

体格のよい若い巡査が、姿を現わした。

巡査は三人いるのだが、狭い入口なので、重なり合うようになっている。室内には入ってこないで、戸口に立ちはだかっている。

「なにをしているのですか」

マダムが小走りに、入口に近づくと、

「もう帰るところです、お話をしているんですわ」

テーブルの上に、巡査は眼を向け、

「酒は出ていませんな。遅いから、もう帰ってください」

と言って、あっさり姿を消してしまった。三人の巡査の関心は、風俗営業の時間にだけ向けられている。

「ずいぶん簡単に引上げてくれたな。彼らも自分の生活が大切だから、逆に苦情をつけられると困るんだ。しかし、これが戦争中だったら厄介だね。地下の密室に許可なくして集合謀議し……、ということで、たちまち警察に連れて行かれてしまう。拷問だってされるかもしれない」

私はそう言ったが、三人の青年には一向に実感がつたわらないようだ。ミキは指のあいだに短かくなったタバコを挟んだまま、

「制服って、迫力があるわ。あたし感じちゃったあ」

と言って、ソファに深く腰をおろしたまま、動かない。

パーティー

会場に用意されたマイクロホンの前に、高齢の老人が立って、長々と話をつづけている。百五十人ほどの参会者のうちの僅かな数が、そのスピーチをしている男の前に集って、聞いている。壁のところにいる私の耳には、よく聞き取れないし、わざわざ近くに行ってその内容を知るほどのものともおもえない。

壁に沿って、鮨やおでんや蕎麦の屋台が設《しつら》えてあって、人々が群がりはじめたが、スピーチはまだ終る気配はない。

場所は大きなビルの九階宴会場で、壁には等間隔でコの字型の窪みがあり、その部分の戸外に面したところはガラス張りになっている。退屈なので、その窪みに入り、ガラス窓越しに、夜景を見おろした。遥か下のほうの広い街路に、たくさんの自動車のランプのつくる光の帯が見えている。

ヘッドライトの黄は、赤信号のところではその光度を弱め、ブレーキを踏むと尾灯の赤い色が濃くなる。

光の帯に、濃淡ができる。

六十日間、不眠がつづいていた。もっとも、眠った気持がしていないだけで、一日に何時間かは、軀が眠った状態になっているのだろう、と考えていた。人間の肉体には自衛装置があって、限界がくれば眠った状態になっている筈だ。一時間くらいはたしかに眠ったということが分る場合もある。テレビを眺めていて、画面が一定のリズムでチラチラ動くときに、そのことが起った。

たとえば、ボクシング番組がそれに当る。試合がクライマックスになって、目を凝らしているうちに、眠りが襲ってくる。フィギュア・スケートにしても、おわりのころに登場してくる優勝候補の演技のとき、眠ってしまう。肝心なところが、見れない。

不眠がこれだけ続くと、神経が底のほうから立ってくるのが分る。軽躁と朦朧《もうろう》とが、同居している。

いま、見おろしている地上の光景には、一定のリズムでチラチラ動いているものがある。眠くなるか……、しかし、ここで眠ってしまうわけにもいかない。

突然、耳もとで、

「どいてくれ」

という声がした。

老爺が目の前に立っていて、ボーイの白い服を着ている。黒っぽい服を着ている私は、参会者のしるしである造花を襟のボタンホールに挿している。

口調が乱暴なだけでなく、その底に厭なひびきが滲んでいて、友人同士でもそういう声で言われたとしたら、腹が立ってしまう。

なぜ、そういう言われ方をされているのか、理解できない。

「え」

老ボーイに一歩近寄って、わざと相手の言葉が聞えなかったふりをしてみせた。

「邪魔だからどいてくれ、それを使うんだから」

言葉がいくぶん具体的になり、彼は私の前八十センチほどのところにある長方形の台を指さした。四本の鉄の棒に支えられたニス塗りの簡単な台で、棒の末端には滑車がついている。窪みの壁に押しつけるように置いてあり、私はその反対側の壁にもたれていた。

台の上には、なにも置かれていない。宴会が終ってから、後始末のために使う台だが、会はまだ始まったばかりである。

私の肩くらいの背丈の小男で、頭はすっかり禿げて茶色の地肌が光っている。七十歳くらいか。

納得のゆくまで問い糺《ただ》したとしても、相手は口調からいって、声高の無意味な言葉がかえってくるおそれがある。

それは、憚かられた。

さからわずに、私は窪みから出た。老ボーイは、その台に手も触れずに離れて行った。

依然として、どういうわけか分らないまま、部屋の壁にもたれて会場に眼を放った。

私が出席する類のものとは趣の違うパーティーで、実業界の長老のような人物が多い。場違いの男が、私のほかに数人混っていたが、それを除くと出席者の平均年齢は七十歳近くになるだろう。

白い髪や禿げて代赭色《たいしゃいろ》の地肌があらわな頭や汚染の出た皮膚……、会場全体に老いが満ちて、灰色の光景だった。

腹が立ったが、それよりも怪訝な気持のほうが強かった。スピーチをしているのに、窓から戸外を眺めていることが気に喰わなかったとしたら、べつの言い方がある筈だ。

長方形の台は、窪みの壁に押付けられたままになっている。

宴会場には、それぞれの役割があって、私は客であり、その男はいくら年上でも老ボーイである。その粗暴な口調は、理解に苦しむ。もしもその場で責任者を呼び、事情を説明したとしたら、老ボーイは解雇されても仕方がないほど横柄な態度だった。なぜ、そういう危険を冒したのか。

　壁の傍に立って煙草に火をつけた。考えているときには、目も耳も開いてはいるが厚い膜がかかってしまう。結局分らない。また会場の光景が目に映りはじめた。

　灰白色で、老人がいっぱいいる。しかし、その老いは権力と金力とに支えられている。灰色の皮を剥がしてゆくと、金色や銀色の色彩が現れてくる。

「分った」

　不眠のために神経の尖っている頭で、そうおもった。老ボーイは、同じ年代の老人たちがつくっている灰白色のなかの異質な一点である。彼を剥がしていっても、不遇な中身が出てくるだけだし、おまけにその老人は軀にそぐわない白い制服を着せられている。短かい時間に、その老人は自分の人生を振返ったのではないか。その不機嫌を、私にぶつけてきたのではあるまいか。

　初老といってよい年齢に私はなっているが、その老人より二十歳は若い。頭髪もまだ黒いので、八つ当りをするのに手頃な相手ではなかったのか。それにしても、私より若い男が、会場には何人かいた。その男たちはハデなネクタイを締め、この灰色の光景からあきらかにはみ出している。

なぜ、老人の不機嫌は私に向ったのか。その答を、私は簡単に出した。この二週間ほど、厭なことが毎日のように続いている。目標を定めないで発射された弾丸が、かならず私の軀を貫いてしまうようなことばかりが起っていた。畳の上を歩くと、鋲《びょう》が足の裏に刺さる。道を歩くと、石に躓《つまず》いて爪を剝がした。

いまの事柄もその一つに違いない、と私はきめてしまった。

その翌日から、私はその小さな出来事とそれについての解釈を、何人かの相手に話した。興味のある小事件として、私は話をし、相手もそのような反応を示した。

しかし、何回か同じ話を繰返しているうち、私の舌に苦い味が残りはじめ、自分が不機嫌になってゆくのを感じはじめた。

理由は分らないが、笑いながら話し終えたとき、不機嫌さが滓となって心の底に残る。その事柄に触れるのを、私はやめた。しだいに忘れてゆくのだが、時折、鮮かにそのときの情景が甦ってくる。

不眠の期間はその後一ヵ月ほどつづき、ようやく常人に近いところまで戻った。

数ヵ月後、またあのパーティーのときのことが頭に浮んだとき、はじめて分った。無意識のうちに私は自分を咎め、不機嫌になっていたのだ。

白いボーイ服を着て、宴会係をつとめている老ボーイを、不幸ときめていた自分の不遜さに気付いていなかった。さらには、その老人の一生の輪郭を、曖昧な形ではあるが頭の中につくってしまっていた。

　そう分ったとき、私はかえって腹が立ってきた。

「ずいぶん長居しやがったな」

　記憶の中の老人の顔に向って、そう言ってみた。

　いくらでも理由は考えられるだろう。だが、あのときにはそうとでも解釈しなくては、自分を納得させることができなかった。

「どいてくれ」

　と、荒い声をかけられたとき、もっと押問答をつづけ、その老人の象の皮のような頸の皮膚のまわりにある白いボーイ服を鷲掴《わしづか》みにして、

「客に向ってなんということを言うんだ、本当のわけを言え」

　と、その小柄な軀全体を持上げるようにしながら締めつけたならば……。

　その瞬間だけは、彼の人生に確かな形で私は参加していることになる。

あいびき

ホテルの部屋に入ると、女は両腕をうしろにまわして背中のファスナーを引下げながら、

「前にここにきたことあるの」

と、男にたずねた、

「ないよ、仮にあったとしても、ないと言うのがエチケットだろう。でも、どうして」

「ホテル『あいびき』なんて、へんに凝っているとおもわなくって。入りにくい名前だし」

「そんな名前だったかな。レストランのところに、なにか横文字を見たようだったが」

レストランの奥がホテルの建物につながっているスタイルが、当節しばしば見られる。

「レストランの奥からホテルへ抜ける廊下の突当りのドアに、書いてあったわ」

「それは、気が付かなかったが……」

ベッドに入って間もなく、女が高い声を上げた。

「あら」

「どうした」

「ひどく元気だわ」

「いつも、そうだろう」

「でも、今日は特別に」

「そういわれれば……」

「さっきの食事のせいかしら」

「さあ」

「それにしても、メンチボールしかメニューにないレストランて……」

「こういうホテルは、レストランは二の次だからね。手間をはぶいているんだろう。それより、一品だけしかないのに、わざわざメニューをつくってあることのほうが、へんな話さ」

「ほんと。でも、さっきのメンチボール、おいしかったわね」

「きみ」

男は半ば笑いながら、

「メンチボールは、もうやめてほしいな。色気がないよ」

と、唇で女の唇を塞ぎ、その裸の軀を両腕で抱いた。艶めかしい声が、女の口から洩れはじめた。

「あ」

しばらくして、男の口から声が出た。これまでに味わったことのない強烈な快感に、男は襲われたからだ。子宮の入口の割れ目が大きく開いて、男根を吸い込んでゆくような感覚、それも具体的なものから与えられる濃密さである。

女の快感が昂まり切ると、子宮はしだいに下降してゆく。その状態になった子宮が、男根を根もとまで咥《くわ》え込み、さらに強烈な吸引力を加えてくる。万力で挟まれた男根が一気に引抜かれて男の軀のその部分に開いた穴から数メートルの長さの腸が急速度で女の軀のなかに手繰《たぐ》りこまれ、さらに内臓がそっくり抜き取られてしまいそうだ。

異様な感覚にまきこまれている男は、頭の片隅で考えている。女の膣と子宮からできている空間には、それだけの余地はない。赤ん坊という小さい塊が収められるくらいのものではないか。

その瞬間、女は叫んだ。

「あ、どうしたの」

あとは言葉のかたちを成さず、快感の叫びから、苦痛の絶叫に変ってゆく。太い金属の棒に突然変化した男根がドリルのように回転しはじめ、表面が鉄の鑢《やすり》となって、女の内部を削ぎ取ってゆくところまで、二人は意識があった。

女は内側からけずり取られて下腹部の空間がたちまち広がってゆくが、子宮は鉄製のポンプのようになってその吸引力は衰えず、しだいに男を狭い入口から引きずりこんでゆく。一方、男は全身が巨大な研磨機となり、女を内側から粉砕してゆく。

「死ぬ」

という絶叫が建物の外までひびいた。丁度道路を下駄ばきで歩いていた一人の中年男は、一瞬立止って建物を見上げ、薄笑いを浮べて去って行った。

十数分後、ベッドのシーツの上には、骨までこなごなになった男と女の軀の入り混った合挽きの肉塊が、堆《うずたか》く置かれていた。

部屋のドアのところで、合鍵を使う硬い音がした。白い服を着たボーイが、無表情のままベッドの傍に立ち、シーツを手荒く剝がし取った。その下には、ビニールの布が敷かれてある。

「うっ」

掛け声を立てて、ボーイはビニールとシーツで肉塊をくるみ、大きな袋にして背負うと部屋を出た。

先刻、男と女が並んで歩いてきた通路を逆に戻ってゆき、「ホテル・あいびき」という文字のあるドアを押して通り抜ける。すぐに右に曲って、もう一つのガラス戸を押した。

そのガラスには、「レストランＭＩＮＣＥ」という文字が書いてあり、その中は調理場である。

「できたよ」

台の上に、鈍い音をたてて、相変らず無表情のままその袋を置いた。そのとき、客の注文を告げるべつのボーイの声が、レストランからひびいてきた。

「メンチ、二人前」

片方の靴

真直に伸びた線路があって、その傍に茶色っぽい柵がある。埃をかぶったような色である。

線路沿いの道を、私は若い女と歩いている。その女の斜めに見上げた眼つきがへんに色っぽくて、私はたちまち欲情を覚えた。その気分が女に伝わっていって、女は全身色っぽくなってしまい、二人とも発情してしまった。

もう、一刻も待てない。あたりを見たが、適当なホテルも宿屋もない。

不意に、ここらあたりの景色に見覚えがある気分になった。その道は間もなく斜め左に枝を生やして、その分岐する場所に大きな杉の木が立っている筈だ。

はたして、杉があった。この木も全体にうっすら埃をかぶっているようで、くすんだ緑色である。この杉があるとすると、ここは少し前に住んでいた場所だ。引越したあとの家屋が、そのまま空家になっているかもしれない。

そこへ行ってみよう、と女と歩いている。急ぎ足の筈なのだが、ゆっくり足を運んでいる感じがある。女とは親しい仲のようだが、その顔がよく見えない。美人か不美人かも分らず、ただ存在を感じているだけである。

斜め左の道を選ぶと、間もなく右側に平屋の建物があった。前に住んでいた家に似ているが、すこし違うようでもある。人の気配はない。

女を連れてその家屋に入り、畳の上で性交をはじめた。間もなく、三人ばかり、男が入ってきた。

空家ではなかったのか。

その男たちは、私たちの方を見ているようでもあり、無関心のようでもあるので、私は行為をつづけているが、やはり気にかかる。

また、四人ばかり、入ってきた。今度は男と女と入り混っている。この連中の態度も、前と同じである。

中途半端な気分のまま、女と重なっている。

六畳くらいの部屋なのだが、またまた人が入ってきた。少し間を置いては人影が現れ、人数がどんどん増えてゆく。これだけのスペースに、よく入り切れるものだとおもえるくらいの人数になってしまったが、依然として私たちを注目しているのかどうかはっきりしない。がやがや、あちこちで勝手な話をしている。

ただ、こんなに人が集ってくると、私たちは場所を塞いで迷惑をかけているようにおもえてきた。

「やはり、ここでは駄目だな」

女から離れて、一緒に外へ出た。

そのとき、自分が靴下だけで地面に立っているのに気付いた。靴はいまの座敷に残っているわけだ。

それに気付くと、いままでのことが急に恥ずかしくなってきた。

「靴を取ってきてくれよ」

女に頼むと、

「厭」

と、首を横に振る。

仕方がないので、自分で戻ってゆく。座敷を覗くと、いっぱいの人間のあいだに、靴の片方がころがっていた。白く埃をかぶった、汚れた靴である。

もう片方の靴が、見当らない。たくさんの靴が折り重なるように、座敷に詰っているの

で、探し出すのは容易ではないな、と考えていると、

「靴ですか、靴ならここにありますよ」

という男の声が聞えてきた。

向うのほうで、人々の頭の上に片腕が突出ていて、一本の手が靴を摑んでいる。その靴も、埃をかぶって、白くみえた。

人々の軀を押分けながら、高く差し上げられた靴のほうに近付こうとすると、

「靴をお忘れになったんですか」

「ゆっくりお休みになってゆけばよかったのに」

「どうですか、もう一度、戻っていらしたら」

などと、馬鹿丁寧な言葉がつぎつぎと聞えてきた。

そういう言葉を聞いていると、やはりこの部屋に鮨詰めになった連中は、さっきの私たちに注目していたんだな……。

そう考えたときに、目が覚めた。

満月

車を運転しているのは私で、隣の席に友人のAが乗っていた。はるかに年下の友人で、まだ三十歳そこそこである。私の帰る道順の途中に、Aの家がある。

Aの家が近づいてきたとき、

「おや、困ったな」

と、言った。

「どうしたんだ」

「トルコのマッチを持ってきてしまった」

私がこうやってAと一緒にいるのは、麻雀の帰り道なので、そのゲームがはじまる前にAはトルコ風呂に寄ってきたらしい。

「捨ててやるよ」

そのマッチをAから受け取ると、左ハンドルの車なので歩道に近い側に窓から投げた。Aは結婚しているので、そういうマッチがポケットから出てくると都合が悪い。捨てる前に、そのレッテルをチラとみると、「満月」と店の名が書いてあった。

AもBもCも、若い友人はみんなトルコ・マニアである。口を揃えて、絶讃する。

「みんな美女ぞろいで……」

「それが献身的なサービスをしてくれる」

「とくに、札幌となると、これはもう映画スター級の美女ばかりで」

私はおもわず、反問した。

「札幌が」

十数年前、トルコが流行しはじめた頃には、札幌には健全トルコしかなかった。その土地へ行ったとき、もしやとおもって、そのうちの一軒に入ってみると、額面どおりスチーム風呂で蒸されたあげく体操みたいなことをさせられて、おしまいであった。

「もう、至れり尽せりの大サービス」

「銀座のバーより、美女が揃っていますよ」

それはそうかもしれない。と私は内心おもっている。十数年前はトルコに勤めようという女性は少かった。需要は多く供給は少いので、客へのサービスもよくなかった。しかし、トルコ嬢の収入は莫大である。ホステスとは比較にならない。衣裳代も美容院の代金も不要なので、ますます差がつく。名を取るか実を取るか。しだいに実につく女性が多くなって、需要と供給のバランスが逆転した。いくら美女でも、大サービスをしないと、その職は安泰ではない。

「しかしなあ」

と、私は反論してみる。

「びわ湖の畔に、雄琴という有名なトルコがあるだろう。そこのスタアたちという企画で、週刊誌のグラビアにトルコ嬢の写真が何人も出ていたがねえ、あまり、どうも、だったぜ」

「だいたい、美女はグラビアなどには顔を出さないものですよ」

「それに、店によって、差が大きい。美人ぞろいの店というのがあるわけで」

「手近なところで、そういう店を教えてくれ」

と私が言うと、AとBとは顔を見合わせて、

「しかし、それを見付けるには、努力に努力。ずいぶんモトデがかかっているんですよ」

「なあ、そうだよなあ」

と、二人は頷き合う。

「いいじゃないか、教えろ」

そうして聞き出したのが、「満月」という店である。

そこで、私がその「満月」へ出かけたか、といえば、まだ行っていない。至れり尽せりの大サービスというところに、乗気になれないものがある。

昔の赤線地帯の娼家に行くと、ツレない目に遭うことが多かった。モテることもあったが、ツレなくされる場合があるから、モテる気分が生きてくる。たとえば、女にとめどなく褒め言葉を言われつづけられたとすると、その全部がお世辞に聞えはじめ、やがては口をきわめて罵られているのに似た気分になるものである。いつもモテるのは、いつもツレなくされることと裏おもての関係にある、とおもえてくる。

しかし、そういう分別が起ってくるというのは年をとった証拠で、大サービスは冷たい扱いの裏がえしであろうがどうであろうが、行き着くところはホンバンという形なのだから、それで満足で、私のような屈折した考え方などどうでもいいものであろう。

私がトルコを探検していた十数年前は、ホンバンというシステムはなくて、それを要求すると女に怒られたり不機嫌になられたりした。現在では、ホンバンをしないと、一定の時間内で稼げる金額が少くなるので、逆にトルコ嬢は不機嫌になる、と聞いている。

現在、ＡやＢと私との年齢の中間の連中のトルコ通《つう》には、ホンバンは邪道である、という意見がある。ホンバンなどはどんな相手とでもできるもので、トルコに行く意義は、プロフェッショナルとしての指先の妙技に堪能するところにある、という。

これは一理あるが、私の行っていた頃は、技術面でのプロ意識をもった女に出会ったことはなく、なんの趣向もなく掌の往復運動を繰返し、なかには鼻歌に合わせて掌を動かしていた女もいた。したがって、当時の面白さを求めるとすれば、トルコ嬢が突如その気になるのに出合うかもしれない、という期待である。

「いま、いいわよ」

不意に女が言い、そういうことなら慌てることはない、と鷹揚な気分になって、やがてその体位になろうとすると、

「ダメ」

と、押し除ける。

「いい、と言ったじゃないか」

「さっきは、よかったのよ。でも、いまはダメの気分」

「ふうん」

「だからさ、さっき、いいといったとき、すぐにすればよかったのよ。わかる」

こういうツレない目に遭うと、そのときはけっして愉快ではないが、時間が経つと懐しい。

赤線地帯でもいろいろの形でツレなくされた記憶があるが、そのすべてが懐しい。モテた記憶というのは、中身まで本ものかどうか疑わしいところが多く、事実金メッキの場合が大部分である。一方、ツレなくされた事実は、これは金無垢で疑わしいところがない。男はツレなくされることによって成長するのである、とは、初老から若者への教訓。

「満月」のマッチを捨ててから数日後、A、B、Cと私は、麻雀の卓を囲んでいた。ふと思い付いて、私がAに話しかけた。

「この前のね、あのトルコのマッチ、どうした」

「どうしたって、捨ててもらったでしょ」

「捨てたよな、そのマッチが朝起きてみると、細君と並んで寝ている枕もとにいたら、これはこわいな」

「いたら、ですか。捨てたマッチが夜中に自分で歩いてきて、枕もとまでくると、バタリと倒れて横たわっているみたいですね」

「そうさ、歩いてくるんだ」

「こわい」

Ａが言い、

「起き上って、便所へ行く。なんだか、つっかえるような感じで、めりめりと出てきますな。肛門が四角く開いたような気分がしてふと見ると、水洗トイレの便器の中に、そのマッチがある」

と、話をふくらませた。

麻雀の手は休めておらず、摸打《もうだ》を繰返しながらの話のやりとりである。

「便所なら、そのマッチを細君に見付からないで済む。しかし、なさけないな、安心していられるところが便所とは、軍隊と同じだな」

と、私が言うと、

「古いなあ、軍隊ってそんなところがあったんですか。ぼくたち、ぜんぜん分らないや」

Ａ、Ｂ、Ｃが、口をそろえて言う。

「ま、いいよ」

と、私は黙った。

「おや、怒ったんですか」

「怒りやしないさ。怒ったって、君の細君よりは怖ろしくはないよ」

　と、私はAに言った。

「夜になると、まるくて橙色の月が昇ってくる。窓から細君と顔を並べて空を見ると、その月の上に、満月、という文字があぶり出されたように浮び上ってくる」

　Bが言い、つづいてCが麻雀を続けながら言った。

「そのアイディアもいいが……。薄暗くなったとき、子供がまるい板のようなものを持って帰ってきて、畳の上に置く……」

『パパ、こんなものが落ちていたよ』

『どこでそんなアルマイトのお盆を拾ってきたんだ』

『ぼく、違うと思うな、お盆じゃないよ』

『じゃ、なんだ』

『お月さま』

　その夜は、晴れているのにとうとう月は出ず、黒い板のような空に、星だけが火花のように散らばっていた。

扉のむこう

ある小都市の駅に着いた。

生れて初めて行く場所である。

そこに住んでいる旧友がプラットフォームまで迎えにきてくれることになっている。その男は学生時代の友人で、それからの三十年のあいだに、クラス会などで二、三度会っているだけだが、顔ははっきり覚えている。

その顔が、プラットフォームにあった。

「やあ、白髪《しらが》がふえたね」

と、男は言い、

「用事のほうは、明日片付ければいいのだろう」

この都市には、事務的な用件のために、やってきたのだ。

「そうだ」

「ともかく、晩めしでも食おう。魚のうまい店が近くにある」

駅を出て、ぶらぶら歩いてゆく。

このごろは、小都市でも近代的な建物が並んでいて、並木の緑はあっても地面に土は見えない。

広い通りを右に曲り、川沿いの道を歩いてゆく。その細い道も舗装されてある。

右は川で、左側にときどき横道がある。その角にある菓子屋が眼についた。

店先の台に大きなガラスの容器が並んでいて、その中に煎餅が入っている。足が停った。厚くて堅そうな円い煎餅の入っているとなりのガラス瓶には、花や鳥のかたちをした脆《もろ》そうな煎餅が詰っている。

いまどき、古風な珍しい店であるが、立止ったのはそのためばかりではない。その一角のたたずまいを、どこかで確かに見たことがある、とおもったからだ。

「どうしたんだ」

と、友人が言う。

「なにか、よく知っているところのようにおもえるんだ」

「しかし、この町へは初めてきたんだろう」

「そうだよ」

角に菓子屋のある横丁の路には舗装がなく、黒い土が露わである。この場所はよく知っている……、という気分が一層濃くなってきた。

「そうだった、この角を曲ると、すぐに銭湯がある」

「銭湯……、つまり公衆浴場か」

と、友人は空を見上げた。

すぐ近くに大きな煙突が空に向って伸びていた。

「へんだな、こんな場所があったかなあ」

そう言う友人を促して、横丁に曲り込む。横丁といっても、五メートルほどの幅の道が真直に伸びている。

「この三つ目の角を左に曲って、四軒目に籠屋《かごや》があるよ」

「籠屋だって。それ、どういう商売だ」

「竹で籠を編んで、いろいろの形の籠をつくるのさ。その仕事をしているところが、外から見える筈だ」

「そんな商売が、いまどきあるかな」

そのときには、もう分ってきていた。生れてから七歳まで住んでいた場所に、そっくりなのだ。

「行ってみよう」

友人のほうが積極的になった。

三つ目の角を左に曲ると、四軒目の家の内部が表から見透せて、二人の男と一人の女が籠を編んでいた。刃物で竹を削る音も聞える。

「君の言ったとおりだなあ、しかし……」

と友人が言ったとき、その籠屋の斜め向いの家から、男が一人出てきた。和服を着て、急ぎ足になっている。

その男の顔をみて、おもわず声が出た。

「お父さん」

男は立止って、顔を向け、怪訝な表情になった。

「おとうさんだって……」

その男は三十歳を少し過ぎたくらいか。二十も年上の相手から、そう呼ばれたわけだ。しかし、なにかの気配が動くかもしれない、とその男の前に顔を突きつけるようにして、待った。

男は首を傾げ、急ぎ足で立去ってしまった。

その男の出てきた家のところまで行き、その前に立った。

玄関の扉は、閉っている。

父親が二十五歳のときに、私は生れた。さっきの男が三十一、二歳として、扉のむこうに私がいるとすれば、それは六、七歳ということになる。

あたりを見まわして、友人にたずねた。

「君はこの土地にずっと住んでいるのだろう。こういう場所は知らなかったか」

「知らなかった。もっとも、隅から隅まで知っているわけじゃないが。それにしても……」

友人は、公衆浴場の煙突を見上げた。

扉の前に立って、私は躊躇《ためら》っている。その扉に手をかけようか、かけまいか。

蛾

自分の背丈ほどもある人形と並んで、少女はベッドに入ったところだ。

新しいこの人形が、すっかり少女の気にいった。

少女の瞼は、閉じかかっている。

「この子の名前も、ユメさん」

眠くなった舌で、少女はつぶやいている。

部屋の隅にある棚の上には、それまで大切にしていたもう一つの人形の「ユメさん」が載っている。なにかの拍子で、ひっくり返ってしまっているが……。

少女の部屋は、薄暗くひっそりしている。

いま、少女の瞼はまったく閉じて、その寝息がきこえはじめた。

棚の上で、ユメさんが起きあがった。

床に降りると、そうっと扉の外へ消えた。夜明けの薄暗い空の下を、ユメさんは歩いてゆく。一万メートルの距離を一瞬で過ぎ、鉄道線路がまっすぐ遠くまで伸びている場所にきた。切崩した崖が、その両側から迫っている。ユメさんは、線路の片方に腰をおろして、放心している。

蛾のむれが、ユメさんのまわりで舞っている。

「列車がくる、列車がくる」

眠っている少女の頭で、その言葉が繰返された。しかし、少女の軀は動かない。

線路をはげしく鳴らして、列車が少女の目の前にきた。

そのとき、一万メートル向うのユメさんが、ころんと転がって、線路から外れた。

大きな自分の泣き声に驚いて、少女は夢から覚めた。

となりには、新しいユメさんがいる。棚の上では、前のユメさんがひっくり返っている。ベッドのまわりに、鱗粉《りんぷん》を光らせた大小二匹の蛾が、舞っていた。

鮭ぞうすい製造法

「鮭の雑炊《ぞうすい》を食いたくなった、つくってくれないか」

と、彼は細君に言った。

二度目の妻で、年齢は十七歳も離れている。

「そんなもの、聞いたことはないわ。どうやってつくるの」

「鮭の罐詰を開けて、冷たい飯と一緒に鍋に入れればいいんだ」

雑炊はでき上ったが、ひどく生臭い。

「これでは食えない。やはり、安ものは駄目だな」

「安ものといったって……。でも、なぜ突然そんなものが食べたくなったの」

「昔、食べたのがひどく旨かったのを、思い出したんだ。もっとも、あれには金がかかっていた。そうだなあ、一杯一億円くらいだったか」

「そんな大袈裟な。そのお金、あなたが払ったの」

「払えるわけはないさ、しかし、払ったといえば、払ったことになる」

「ぜんぜん分らないわ、どうやって、つくるのかしら」

　そこで、彼はその製造法を説明することになった。

　まず、ビルの地下室の小部屋に、鮭の罐詰をぎっしり詰めこむ。次に、爆撃機でその上空から焼夷弾を一山落す。命中させて全焼させるためには、かなりの分量の焼夷弾が必要であろう。

　飛行機がいなくなって、鉄骨だけになったビルの地下室の鮭を罐のまま、十二時間ほど蒸焼きにする。中の空気は膨張して、罐詰は蓋が盛り上った形で焦げている。それを罐切りで開くと、中身は生臭さがまったく消え、さりとて焦げてもおらず、程良く香ばしくなっている。

　昭和二十年五月二十五日といえば、三十年以上前のことになるが、その夜半にB29の二百機編隊が東京山手地区に焼夷弾の雨を降らせた。九段の靖国神社は焼け残ったが、その近くから渋谷あたりまでの一帯が焼野原になり、彼の家も焼失した。それから四、五日、焼け跡での野天の生活がつづいた。彼の家の門のすぐ傍に落ちた焼夷弾が不発のまま、水道管を突破っていたので、水には不自由しない。

その水と防空壕の中の米を使って雑炊などをつくって食べていたのだが、そのうちの何食かは鮭罐を使って雑炊をつくった。

彼が卒業した小学校が、五分くらいのところにあった。その地下室にぎっしり詰め込まれたまま蒸焼きになっている鮭罐を、近所の連中がバケツを提げて拾いに行った。その罐詰がどこの所有物であったか、彼は今でも知らないが、この雑炊が一杯何億円かの料理の実体である。

お伽話を聞いている表情で、彼の妻は、

「そんなこと言ったって……、でも、それじゃ一杯一億はかかるわね」

と、笑い、

「いいこと思い付いたわ。オーヴンに鮭罐を入れておいて、焦してから使いましょうか」

「それじゃ、あの味は出ない」

「そのとき、あなたはひどくおなかが空《す》いていたということなのよ。王様のスープ、という話があるじゃないの」

「それは確かにある。しかし、大きな釜でたくさん炊いた飯のほうが旨いじゃないか。それも電気釜じゃ駄目だ、薪で炊かなくては」

「昔の人は、よくそう言うわね。きっと、そうなんでしょう。でも、いまはそういうご飯だって、家庭では無理よ。そんな贅沢なことを言ったって」

「贅沢……、か」

彼の言いたいことは、どうも、若い妻には通じない。

雨傘

ホテルの一室に閉じこもって、半月も仕事をしていると、まず閉口してくるのは、食事についてである。惣菜料理のようなものを、食べたくなってくる。

この大きなホテルのロビイの奥に、日本料理の店のかたまっている一角がある。惣菜料理とは程遠いが、その中の「すきやき」の店に、上ってみた。靴を脱いで畳敷きの大広間に入ってゆくと、衝立《ついたて》で仕切った入れこみの座敷である。

座布団にあぐらをかいて、一人でガス器具とその上の鍋に向い合った。中年の女が、肉と野菜の皿をもってきて、ゆっくり時間をかけて鍋の中を整えると、消えてしまった。

箸を伸ばして、肉や野菜をつまんで口に運んでいると、なにか侘しい。酒を飲む気にもなれず、怱々《そうそう》に食事を済せて、店を出ようとすると、靴がない。

係の女が、靴箱を探すのだが、どうしても見つからない。

「また、靴をなくされた」

と、私は言う。

「この店では、こんなことは、はじめてなのです」

「この店にきたのははじめてだが、ここのホテルは、おれの靴を何度もなくしやがる。もういい、アーケードの靴屋で、買うから」

跣《はだし》のまま、店を出ようとすると、

「スリッパがあります」

と、女が言う。

「いらない」

靴下のまま歩いてゆくが、誰も私の足もとに視線を向けない。ホテルの中を歩いている人間は靴をはいているにきまっている、ときめてしまっているな、とおもう。

地下のアーケードに降りて、靴屋に入る。

「いま、靴はこのタイプしか置いてないんですが」

靴屋は、床の上に平べったい皮を二つ置く。鱏《えい》のような型をしている。

その上に足を乗せると、靴屋の男は蹲って、私の足の両側から皮を持上げた。先端に付いているジッパーの舌を引くと、左右の皮の縁が綴り合されて、靴のかたちになった。

灰色の靴である。二、三度、床を踏んでみると、ズックの靴をはいている感触だ。

「へんな靴だなあ」

片方の爪先を持上げるようにしてみると、光線の当る角度が変り、靴は苔緑色《モスグリーン》になった。

「おやっ」

宙に浮かした爪先をそのままの姿勢で下げると、今度はオレンジ色になった。

「これじゃ、困るなあ。こんな靴しかないの」

「はあ、いまそのタイプだけです」

靴下のまま部屋に戻ろうか。しかし、いずれ外出するときに困るな……。

そのとき、ガードマンの制服を着た若い男が入ってきて、大きな声で言った。

「ひどい雨だ」

右手に、雫《しずく》のしたたる半開きの雨傘を握っている。

「さっきまで、晴れていたのに。にわか雨かな」

靴屋の主人が言うと、ガードマンは、

「いや、本降りだ」

雨か、雨は無関係だ。いまは部屋に戻るだけだし、外出するのは、晴れた日を選べばいい……。

突然、ガードマンが、私を指さして、叫んだ。

「あっ、この男はラジウム傘を持っている」

右の手を見ると、私は黒い雨傘を握っていた。なんの変哲もない傘なのだが、黄色い大きな紙の札が付いている。

「ラジウム傘……」

口の中で、私は呟いてみる。聞いたことのない名だが。

「たいへんだ、あんな傘を持っている」

「たいへんだ」

靴屋の主人とガードマンが二人とも指を伸ばし、私の右手を差し示している。

死んだ兵隊さん

途切れ途切れの浅い眠りで、朝になった。頭が痛く、軀の芯が冷たい。

こういうときは、胃の腑が中身を出したがっていることが、これまでの体験で分っている。そういえば、前の夜、ほとんどなにも食べないで、たくさん酒を飲んだ。

ベッドを降りてトイレに行き、洗面台の白い陶器の上に踞《かが》み込んで、片手の指を咽喉の奥へ深く差し込んだ。嘔《は》くための仕種である。

ピンク色の液体が、瓶をさかさまにしたときのように、洗面台の上に出た。綺麗な色で、香りも高い。カンパリ・ソーダが、そのまま胃の腑から出てきたのだ。

「胃液がぜんぜん混っていないな」

とおもいながら、また指先で咽喉の底を押す。次は、透明に近い液体が出た。シェリー酒で、芳香があたりに漂う。

指先で、同じ仕種を繰返す。

やがて、液体は濃いワインカラーに変った。これは赤葡萄酒で、つまり、前の夜に飲んだ酒が、順序が逆になって、出てきたわけだ。

部屋に戻ったが、二日酔の重苦しさはまだ抜けず、じっとベッドに横たわっていた。

枕もとの電話機が鳴った。受話器に手を伸ばすのは億劫なのだが……。

「元気ですかね」

年下の友人の声が聞えてきた。

「その反対だよ、なにか用か」

「なんの用もありませんがね。どうしたのです」

「おれは、瓶になっちゃった」

「瓶だって。どういう意味……」

簡単に説明すると、その友人が言った。

「なるほど、アメリカのスラングで、空瓶のことを、デッド・ソールジャーといいますね」

レッド・ソールジャーと、私には聞えた。先刻、嘔いた液体の色が、頭に入っていたためだろう。赤い兵隊……、どういうイメージだろうか。

「デッド・ソールジャーって、感じがあるでしょう」

「あ、デッドか、死んだ兵隊さんね。感じがある。おれが空瓶になって、色々な酒をつぎつぎと注ぎこまれたわけだな。とにかくそういうわけでひどく疲れているから……」

と、電話を切りかけて、気付いた。

机の上に、水を容れておくフラスコ型の瓶がある。ガラスの上に布を貼り合せて、軍服姿につくってあり、人間の顔の形に彫ってある木製の栓も軍帽を冠《かぶ》っている。

「ちょっと、君。机の上に、水を入れる瓶があるんだがね」

と説明して、

「たしかイタリア製の筈だが、その国でも同じ意味かね」

「イタリアですか、さあ、知りませんねえ」

受話器を戻して、また横たわった。

しばらくして、ドアが開いた。

「おや、どこに行ったのかしら」

女房の声がする。

「さっきまで、ベッドに寝ていたのに」

「おれは、ここにいるぞ」

と言ったが、その声は届かないようだ。

「二日酔のくせに、どこかへ行ってしまったわ。仕方のない男。とにかく、瓶に水を入れて置かなくちゃ」

机に近づいた女房の掌が、瓶の胴体を握った。片手で木の栓を抜く。

そのとき、私の首がスポンと抜けた。

空になっている胴体に、水がどぶどぶと注ぎ込まれてゆく。

手術

皮膚を内側から押上げてくるものがある。あるいは咽喉の奥に閊《つか》えるものがある。最初は違和感があるだけだったが、しだいに苦しくなり、身もだえしそうになったとき、軀の中から湧いたように紙で折った飛行機が皮膚の上にその先端を覗かせ、次の瞬間、勢よく空間に飛び出してゆく。あるいは、咽喉をせり上って、口からカタパルトのように発射されて、やがて床に落ちる。

軀が軽くなるのは僅かの間で、すぐに全く同じ感覚が皮膚の下や咽喉の奥でうごめく。間もなく、同じことが起り、それが限りなく繰返される。

藁半紙のようなガサガサした粗悪な紙で折った飛行機で、パステルカラーのさまざまな色をしている。大きさもさまざまである。中間色の大小不揃いの無数の紙飛行機が、床が見えなくなるほど撒き散らされる形になったのに、まだ軀の底の異変は終りにならない。

「それは夢の話ですね」

　白衣を着た男がそう言い、上半身裸の私はその前の椅子に腰かけている。

「あなたは、腫物のできやすい体質でしょう」

　医師が訊ねた。

「ええ、いつも、どこかにオデキができています。頭の皮膚からはじまって、脛《すね》や踝《くるぶし》のところまで、多いときには十個くらい」

「そうでしょう。それは、いい夢を見ましたなあ」

「良い夢……、悪夢ですが」

「いや、そういう夢を見た直後が、手術するのに最適なのです。この際、根本的に、抜本的に、一挙に片付けてしまいましょう」

「では、手術室に行くのですか」

「なに、このままで十分です」

　医師は私の胸のところに手を伸ばして、指先でそこに在る小さな突起物をつまんで検《しら》べた。半ば角質化しているコリコリした感じが、私にも伝わってくる。

「これが根っこですな」

　真黒い大きな金属製のペンチが、医師の手に握られていた。その先で突起物を挟むと、医師は立上り、ペンチに力を籠めて引張った。

その突起物につながって、しばらく一本の紐のようなものが出てきたが、やがてそれが何本もの枝に岐《わか》れ、その枝がさらに枝を生やし、最後には高く掲げたペンチから嵩《かさ》ばった物体が垂れ下った。海の藻を水底から引抜いて、さかさまに吊したような形である。

「うまく取れた。ちょっと見てごらんなさい」

枝が、その途中で何ヵ所も膨らんでいる。その部分を医師が指先に挟んで爪を立てると、ピチンと音がして破裂した。

海ほおずきの実を、指先で押潰したような音である。

「ここが、やがて腫物になってゆくのです。もう心配ない、全部抜き取ってしまったわけだ」

椅子に坐ったまま、茫然と相手の顔を見ている私に、男は言った。

「手術は大成功だ。あなたは、良い夢を見たわけだ」

サンタクロース

四方を壁に囲まれてほぼ四角い形をしている食堂には、その一つの壁面に一つずつ、合計四つのドアがあった。

一人で食事を終えると、大きな声を出して茶を頼んだが、返事がない。立上って、台所に通じるドアを開くと、目の前に見知らぬ若い男が立っていた。無表情で、黙っている。じわりと押返すようにドアを閉め、茶を飲むのをあきらめて、もう一つのドアに近寄った。玄関に通じるもので、ドアの外側に洗面所がある。尿意を催している。そのドアを開くと、今度は中年の女が二人、目の前に立っていて、向い合って立って話をしている。やはり、知らない顔だ。私を監視しているわけではないらしく、ただ、そこにいる。パジャマ姿の私は、いそいでドアを締めた。

もう一つの壁のドアの向うは日本間なのだが、それを開くと、卓を囲んで数人の男女が雑談していた。ぜんぶ知らない顔で、チラとこちらを見たきり、話をつづけている。

残りのドアは、廊下を経て私の部屋に通じるものだ。そのドアに手をかけて、躊躇《ためら》った。

その向う側にも人間が並んでいたら……。

「ここは、自分の家なのだろうな」

疑いながらドアを開けると、今度は誰もおらず、部屋に入ると見慣れたたたずまいである。

それにしても、三つのドアを開けて、その度に知らない顔に向い合う羽目になるとは、理不尽なことだ、と考えているうちに尿意が烈しくなってきた。

私の部屋の外に、もう一つのトイレがあるのを、不意に思い出した。なぜ忘れていたのか。いそいで部屋を出て、廊下の壁にあるドアのノブを摑んだ。

「鍵が内側からかかっているかな」

ふとそういう考えが閃いたが、ドアは勢よく手前に開いた。入ろうとして、立竦《たちすく》んだ。

洋式便器に蹲るように腰かけた肥った女が、その姿勢を崩さずに上眼遣いでこちらを見ている。

慌てて、私はドアを閉め、にわかに烈しい腹立ちに捉えられた。

部屋に戻ると、洋服に着替えた。こういうわけの分らない状態の家にいる気になれない。

しばらくホテルに退避しよう、と内ポケットに金を入れ、窓から外へ出た。

塀を乗り越えて、外側に降りると、そこに警官が立っていた。

「こら、なにをしている。空巣だな」

「空巣どころか、人がいっぱいいるよ」

「逮捕する」

叫ぶ警官を押しとどめて、塀に向って小便をはじめた。爆発寸前だったのだ。

「おい」

「待ってくれ、ゆっくり説明するから」

小便はなかなか終りにならない。窓から出てはじめて気づいたのだが、小雪が降っていた。塀に向ったままで、私は言った。

「雪だな、そういえば、今夜はクリスマスイヴか」

「誤魔化すな」

ようやく塀から向き直ると、警官と顔を突合せる形になった。

「お待ちどおさま。しかし、自分の家の塀を乗り越えると犯罪になるかな」

「いい加減なことを言うな」

足に突っかけているスリッパを示して、私は言った。

「これが、その証拠だ」

「靴をはいていないのが、証拠になるものか」

「そうだ、いい証拠がある」

私は自分の名を言い、警官と一緒に玄関にまわって、そこの表札を指さした。表札には、私の告げた名が書いてある。

「ね」

「なにが、ね、だ。そんなことは、忍び込む前に調べておけば、済むわけだ」

「それじゃ、家の者に訊ねてみればいい」

ブザーの釦《ボタン》を、指先で押した。

玄関のドアが内側から開かれ、見知らぬ若い女の顔が覗いた。警官が訊ねると、女は首を横に振った。

「きみでは分らない。ほかの人を呼んでくれ」

替りに、中年の男が出てきた。警官との二、三の問答の末、烈しく首を横に振る。

およそ十数人の老若男女がつぎつぎと出てきたが、皆、私を遠い眼で見て、首を振りつづける。

「さあ、来てもらおうか。言い分があるなら、あとでゆっくり聞こう」

腕を掴んで、警官が歩き出した。仕方なく、私も歩きながら言った。

「こんなことになるなら、サンタクロースの恰好であの家から出てきてやるんだった」

眼の隅で私を見た警官は、

「そうとも、大きな袋をいっぱいにしてたな」

と、あざ笑うように言った。

粘土合戦

トンカツ・ソースというのが、私は嫌いで、ウースター・ソースを使っているが、このウースターという意味が分らない。ソースの瓶に印刷してある英語のスペルを辞書で引いてみたが、出ていない。あるとき、テレビのクイズ番組を見ていたら、『ウースター・ソースのウースターとはどういう意味か』という問題が出た。答は、イギリスの町の名で、もともとそこで出来たソースなのだそうである。

百科全書風の知識を私は馬鹿にしているが、ウースター・ソースについては、長年の閊えがおりた気分になった。もう一つ、いまだに分らないものは、ボクシングの重さのクラスを示す言葉の一つの「ウエルター」である。これはスペルも不明である。開拓時代のアメリカで発展した近代ボクシングという男同士の殴り合いは、本来は「ヘヴィ・ウエイト」級のほかは、ボクシングと認めないという気配がある。ライト級といえば、日本では重いほうのクラスだが、LIGHTは「軽い」という意味で、これは「重い」「軽い」の区別だが、さらに軽量級になると区別だけとはおもえぬネーミングになってくる。現在、具志堅選手が世界チャンピオンになっているジュニア・フライ級は、もとは「モスキート級」と呼ばれていて、つまり「蚊・クラス」ということになる。「フライ」は「蠅」で、順にその上のクラスについていえば、「バンタム」が「チャボ」、「フェザー」が「羽根」であるが、「ウエルター」というのが分らない。これまで、いろいろの人に聞いてみたが、答が返ってこなかった。

そのうち、クイズ番組に出題されないか、と待っているが、問題として難し過ぎるだろう。

そういう意味ばかりでなく、テレビのクイズ番組を見るのは好きである。とくに、10チャンネルの「パネル・クイズ」というのを愛好している。

矩形のボードが縦横五本ずつの枠で仕切られていて、合計二十五の小さな矩形のパネルに分れている。白・赤・緑・青の四つの椅子に一人ずつ解答者が坐っていて、正解を得るとパネルのうちの一枚を自分の色にすることができる。細かいルールは省略するが、赤・白・青・緑とパネルが一列に並んでいるとして、その緑のとなりのパネルを赤が取れば、赤に挟まれた三つの色はすべて赤に変えられてしまう。オセロ・ゲーム（これも日本で考案されたものだが）にヒントを得たものらしく、そのルールを知っていれば、理解しやすいのだが、パネルの取り方によってはボード全体が真赤あるいは真白（真青、緑一色）になってしまう可能性がある。

その番組を、私はベッドに寝たまま、眺めていた。赤に挟まれた緑が赤に変り、その赤がまた青に変り、ボードの中で四つの色がさまざまの変化をみせて、ゲームは終った。腕を伸ばしてスイッチを切り、仰向けに軀を伸ばして私は眠りが訪れてくるのを待った。

真昼間の時刻である。病臥している私は、もう半月、眠っていない。しばしば時計に眼を向けてきたが、その度に、ほぼ十分間が経っていた。そのあいだの時間の動きが、いつも全く同じなのである。不眠を訴える人間が、自分では気づかなくても、断続した短かい眠りに入っていることはしばしばある。しかしいまの私は、一時間に六回、一日に百四十四回ほど時計を見て、次の日に移っている。その間に、眠りに襲われているとはおもえない。

ただ、人間は何日も全く眠らないでは生きてゆけない筈だから、限界がくれば軀の中の自衛装置のようなものが作動して、眠りに入れるだろう。そう考えてから、もう半月近く経っている。

不意に、テレビ画面の上に、ボードが現れて、それは二十五のパネルに仕切られてある。

スイッチは切った筈だし、三十分足らずの番組もすでに終っている。右上隅のパネルの中の赤い色が、粘稠《ねんちゅう》度《ど》の高いゴム糊が流れ下るように、真下のパネルの青色の上にゆっくりと被さってゆく。その青は、斜め下の緑のパネルの枠の中にはみ出してゆき、板の上の緑のペンキが部厚く緑の粘土の層になって、喰み出してくる青を支え、追い返そうとする。青色と緑色が戦っていて、押合っている色と色との境目から、にゅっと人間の手首が突出されて、あわただしく五本の指先を振り、掌を開閉した。それに伴って、ボード全体が、前後に揺れた。

色と色の合戦は、いろんな場所でおこなわれており、ボードの中央から片方の脚の膝から先が飛び出してきたり、左上では深く折り曲げた腕の肘の先らしい円いものが現れたりする。その度に、ボードがゆさゆさ揺れる。

それにつれて、ベッドの上の私の軀が、上下に揺れて、その感覚がしばらく続いた。ベッドから軀を引剝がすようにして、私は床の上に立ち、

「これは、夢だ」

と、自分に言い聞かせた。

全身、汗が噴き出している。部屋のドアを開くと、すぐ左手の洗面所に入り、バスタオルで汗を拭った。不眠だけでなく食事も摂れないので、立っていると倒れそうになる。便

器に腰をおろして、俯いていると、

「しかし、ああいうことも、有り得る」

という声が聞えてきた。その声は、当然私自身の中から出ているものの筈だが、社会現象の解説者のような口調と声音で、

「あれは、テレビにたいする視聴者のモッブであります。視聴者参加の番組に朝早くから呼び集められた人たちが、何時間も待たされたあげくわずか三十分足らずでその番組が終ってしまったことにたいする不満……。番組に出してやるのだから不平を言うな、という局側の態度にたいする反感……」

もう一度、汗を拭うとバスタオルをそのまま持ってベッドに戻り、横になった。

間もなく、また軀が上下に揺れはじめた。テレビ画面では色と色との合戦がつづいているのだ。

軀の揺れが烈しくなったとき、画面の映像が変った。

林の中にあるかなり広い空地である。七、八人の男女が集って、騒ぎはじめた。長い二本の竹竿のあいだに布の幕がある。男が二人ずつ、それぞれの竹竿を支えて、左右に離れてゆく。竿と竿のあいだの幕は、十分に張られた。その幕には、先刻のクイズのボードそっくりに二十五の桝目が描いてあり、四つの色に塗り分けられている。集っている連中は、

まるで下着だけのようにみえる軽装で、法被《はっぴ》姿の女もいる。そういうシャツやステテコのようなものには、色絵具や泥が滲み込んで、ひどく汚れている。

竹竿を握っている男たちは、その竿を上下に動かしはじめた。それに伴って幕が波打つように揺れる。

「わっしょい、わっしょい」

集っている連中の口から、掛け声が出はじめた。

その情景がまわり舞台のように半回転して、揺れている幕の裏側のほうが、私の眼に映ってきた。片手にペンキの罐、もう一方の手に刷毛《はけ》をもった男女が何人もいる。刷毛にたっぷりおもいおもいの色を含ませた男女が、幕の裏側から叩きつけるようにペンキを塗る。その色が幕に滲《にじ》んでゆく。時折、飛び上るように幕に軀をぶつける男がいる。幕が破れ、手や足がその表側に突出てゆく。

もう一度、舞台が半回転して、ボードが見えてきた。その表面では、色と色とが攻め合い、時折、手首や脛が飛び出してくる。

「夢だ」

強く頭を左右に振り、ふたたび軀をベッドから引剝がして、上半身を起した。額から顔に汗が流れている。バスタオルで、それを拭う。

「こういうことは、現実に起るのです。いま、ほかの局のテレビカメラが現地に急行しています。やがて、臨時ニュースで、その模様がくわしく報道されるでしょう」

文明評論家風の口調が、また聞えてきた。

私の立場は、忙しい。観客であり、舞台の裏側を知っている人間であり、それについての論評も聞かされてしまう。

そして、そのどれもが濃い現実感をもって迫ってくる。テレビのスイッチは切られているが、それをＯＮにしてチャンネルを回せば、臨時ニュースの画面が出てきそうな気分になっている。

しかし、もう腕から力が脱け去って、動こうとはしない。倒れるように、私はベッドに横たわると、その軀がまた揺れはじめた。

林の中の広い空地が、また見えてきた。ペンキと泥の汚れは、前よりひどくなっている。興奮のあまりか、地面の上を転がっている女がいて、全身泥だらけになってゆく。竹竿は烈しく上下して、幕はうねるように揺れる。

「わっしょい、わっしょい」

掛け声が、空に噴き上る。

林の中のあらゆる方角から、空地に向って男女が走り出てきた。

「祭だ、祭だ」

口々に叫び、飛び跳ねるような足取りで、集ってくる。早速、竹竿に獅嚙《しが》みつく男もいる。張幕は、ますます烈しく揺れ動く。

「祭だ、祭だ」

人数は、とめどなく増えてゆく。人の渦の上で、張幕だけが揺れていて、竹竿を持つ男たちの姿は、見えなくなってしまった。

「モッブは、こういう具合にして、起ってゆくのです」

解説口調の声が聞えてきて、私は現実に戻った。

もう一度、起き上ってベッドに坐り、ゆっくりバスタオルで全身の汗を拭う。時計に眼を向ける。その針は、三時十分を指していた。

そのクイズ番組が終るのは、一時四十分だから、一時間半が過ぎている。

「悪夢か」

と、私は呟いた。

しかし、この半月のあいだに、はじめて十分置きに時計を見ないことが起ったのだ。

悪夢も睡眠の一種には違いないが、はたして休息になるのだろうか。

百の唇

風早平吉から電話がかかってきて、

「これから迎えに行くからな、屋根に上って待っていてくれ」

この男は、いつもこうなのだ。一年に一度くらいの割で、不意に電話をかけてきて、勝手なことを言う。それにしても、いまの言葉の終りのところは、聞き違えなのだろう。

「もしもし、ちょっと。どこで待っていろ、と言ったんだ」

「屋根だよ。君の家の屋根には、暖炉用の四角い煙突があるだろう。あれは手頃なんだ、三十分で行くからな」

それで、電話が切れた。

この男とは、いつどこで知り合ったか、よく思い出せない。職業は貿易商とか言っているが、そもそも風早平吉という名も本名かどうか怪しいのだ。つき合っていると、ほかの知人たちと過す時間に比べてどこか調子が違う。時折、階段を一段踏みはずしたような気分にさせられるが、べつに害を受けたこともない。

外出の服装になって屋根に上っていると、西の空の遠くにトンボのようなものが現れ、しだいに大きく蜻蛉《とんぼ》機械になり、ヘリコプターの形になって下降してくると、竹竿の先にとまる赤トンボのように煙突に載った。

風早平吉一人だけが操縦席にいて、

「はやく、はやく」

と、手招きした。

機体の真上の大きな羽根は、ゆるやかに回ったままだ。

その横の席に乗り込んだ。

「君、ヘリコプターが動かせたのか」

「それが、できなくちゃ」

「そんなものかね」

機体はすでに煙突を離れて、上昇中である。

「これ、まさか君のものじゃあるまいね」

と、私はたずねてみた。

「ま、おれのものといっていいかな。所有主は違うがね」

「その所有主は、誰なんだ」

「大金持の若い未亡人だよ。素晴しい美人でね、そこに君を案内してゆくところさ」

「その未亡人、欲求不満なのか」

「そういう役目は、ほかのものが勤める。君に見学させてあげたいとおもってね」

「見学だって……」

私の腕時計の長針が一まわりしたころ、頬のあたりに軽い違和感があった。テレビのブラウン管の表面を軽く撫でたときに、指先に伝わってくる感じに似ている。

そのとき、座席の横側から、彼は黄色いマスクを取出した。

「マスクをしたほうがいい。そこの横のところにある」

「なんのマスクだ」

「酸素マスク」

「そんなもの、必要ないだろう。それほどの高度でもあるまいし」

風防ガラスを透してあたりを見渡すと、地面も水面も見えない。青一色の中に包みこまれてしまっていて、やや呼吸が苦しくなってきた。

「もうすぐ目的地だ」

そう言うと、彼はマスクを被ってしまった。私もそれに倣《なら》った。

地面が見えてきた。空からの眺めは、建物が疎らでどこかの村のようだ。そのうちの一軒……大邸宅とも言いがたい家の庭先の枯れた芝生に、ヘリコプターは降りた。

彼は酸素マスクをはずすと、

「ちょっとの間の辛抱だ」

と、言った。

入口の扉を軽くノックして、彼は勝手に家の中に入ってゆく。

私たちは間もなくソファに腰をおろしていた。豪奢な部屋ともいえないし、四方の壁に押しつけるような形で、絨緞の上に西瓜と南瓜が横腹をくっつけ合って並べられている。

「なんだい、あのスイカとカボチャは」

「形は似ているがね」

「違うのか」

「大違い、これが大変な財産でね」

そのとき、ドアが開いて、見馴れないデザインのふわふわしたガウンを身につけた女性が現れた。薄い上下の唇がやや異常なほど左右に長く切れて、鼻の穴も大きい。

「よくいらっしゃいました」

「お邪魔してしまって。なんだか、突然、この男に誘われて」

しばらく、とりとめのない話がつづいているうち、正面の窓を透して戸外の様子が眼に映ってきた。灰色の道の上を人が歩いてゆくのだが、上下に軀を揺らして、きわめて遅い速度で前に動いてゆく。小さな帆かけ舟が、荒い波の上をヒョコヒョコ上下しながらゆっくり進んで行っているのに似ていた。それにつれて、私の肩のあたりも上下しはじめて、いくらか息苦しくなってきた。

女主人は私の様子を見て、

「あら、風早さん、その丸いほうを切って差し上げて」

風早平吉は、金色の皿の上に西瓜としかみえないものを載せ、金色のひどく大きな包丁で二つに切った。中身は空で、皮のほうはガスの抜けたゴム風船のように小さくにゃりと萎《しぼ》んだ。たちまち、呼吸が楽になった。

「うっかりしてしまって。私たちは何ともないもので」

「でも、あの窓の外を歩いている人たちは、苦しそうですよ」

「ああ、あの人たちね……」

謎のような微笑を、その女は唇のまわりに浮べたが、なにしろ矢鱈に大きな唇なのでいささか気味が悪い。風早は、大きな包丁を宙に構えたまま、

「それは君、仕方がないんだよ。ここでは、金がないと、どうしてもああなってしまう」

と言い、催促するようにその女のほうに眼を走らせた。

女の首がかるく縦に動くと、彼は金色の皿に南瓜状のものを載せて、二つに切った。甘酸っぱい、しかし芳香といってよい匂いが漂ったが、かなり強く鼻腔が刺戟されて、私は噎《む》せた。風早は露骨に大きく息を吸い込み、女はその軀を薄ものの下で微妙にくねらせたので、催淫剤かとおもったくらいだが、その後に変化はない。吸い込んだ息を吐くのが勿体ないとでもいうように、彼はくぐもり声で、

「マダムがね」

そのまましばらく息を止めて、

「一度、小説家というものを見てみたいと、おっしゃるんでね」

「お会いできて……」

そのあいだに、風早平吉は素早く立上って、壁のそばから西瓜と南瓜を左右の掌に載せて持ってきた。スイカを切り、つづいてカボチャを切る。また、甘酸っぱい刺戟臭。

「無駄づかいはいけませんよ。お客様の分はともかくとして」

女が風早を睨んだ。

「あれ、奥様。倹約しろとは、お言葉とも……」

居心地が悪くなってきて、彼を促して、帰ることにした。

ヘリコプターが舞上ったころ息が苦しくなったので、私は酸素マスクを被った。

しばらく飛行すると、また、頬のあたりにピッとひびく感じがあった。それと同時に、風早平吉はマスクをはずして、

「もう取っても大丈夫だよ」

と言う。

「これは、いったい、何だい」

彼にたずねてみた。

「要するに、君は新しい見聞をしたわけだ」

西瓜と南瓜をおもい出した私は、

「しかし、あの女が美人かね。ひどく口が大きいし」

「あそこでは、美人の基準が違うんだよ」

「それに、大金持といって、あんな程度かね。それほどの大邸宅でもないし」

「君がカボチャと言ったものがあったろう。あれが、お蔵にぎっしり……、めったにそういう家はない」

「それがどうしたんだ。いったい、あれは何なんだい」

と聞くと、彼は口を噤んでしまった。

「黙ってしまったな、秘密か」

「秘密……、いやいや、君にもっと確かな証拠が見せられなくて、悪かった。あのマダムに裸になってもらうわけにもいかなくてな」

「裸が素晴しいとでも」

「いや、大金持の証拠のことさ。あそこは空気が薄かったろう」

「あの客間でも、息苦しくなったことがあったな」

「そういうところでラクに生きてゆくには、空気をたくさん吸えるように口が幾つも必要だ。しかし、金がないと、せいぜい七つ、八つしか持てない。大金持は、百はあるかな」

「しかし、あの女は一つしか……」

と言って、私は気づいた。ふわふわした薄ものの下に隠されていた胸と背中、腹と尻。

「ふうん、あのカボチャが、唇をつくる原料なのか」

不意に疑いが起った。腕を伸ばして、風早平吉の胸倉を摑んだ。襟もとまでボタンの並んでいる軍服のような上衣を、彼は着ている。そのボタンにかけた私の手を、彼は強い力で払い除ける。

「おい、おまえは……」

「勘違いするなよ」

揉み合う二つの軀のために、ヘリコプターは大きく揺れつづけた。

卵

このごろ売り出された「スライム」という品物をご存じですか。いたずら玩具の一種で、プラスチックのコップをさかさまにすると、芋虫色の緑のかたまりがゼリー状になって、のろりと出てくる。それは、ぐにゃぐにゃねばねばしているが、皮膚には付着しない。その塊を引張ってみると、力にさからわずにどんどん伸びて、なかなか切れ目ができない。

女の子に両方の掌を揃えて出させ、その上でコップをさかさまにすると、のろりぞろりと塊が一挙にその掌に載る。

「きみは、ショックを受けやすいタチか」

そのときには、あらかじめ聞いてみる。

「蛇じゃなくて」

「いや」

「虫なの」

「違う」

それだけ断っておいても、その掌の上にずしりと置くと、たいていの女は、反射的に放り出してしまう。ただ、それだけのことで、ほかには何の役にも立たない塊である。

スライムとは、ねばねばべとべとという英語で、「いやなやつ」という意味もある。皮膚には付かないが、髪の毛には粘りつくと厄介なことになることが、そのうちに分った。

そのスライム入りの容器を持って歩いて、つぎつぎと女の掌に中身を載せてみた。警告したあとにそうするのだが、どの女もみなその緑色のかたまりを放り出してしまう。

若くて可愛い女の子に出会った。まるい顔で眼が大きくて、やや小生意気な表情をみせる。その女の掌にのろりぐにゃりと置いてみると、

「なに、これ」

平然として、そのかたまりをひねくりまわしたあげく、

「毛が二本、入っているわよ」

と、こまかいところまで観察した。

その態度をみて、背中がぞぞっと冷たくなったが、「きっと、背伸びして振舞っているんだろう、内心は驚いたに違いない」とおもってみると、その女にたいして一層興味が動

いた。

それがキッカケで、ついには同棲することになってしまった。スライムが取持つ縁なのである。

予想どおり、斜にかまえたところはあるが、可愛い女である。ガラに似合わず、料理も甲斐甲斐しくつくってくれる。満足して、一週間ほどが過ぎた。

ある朝、食卓にトーストとプレーンオムレツが並んだ。野菜のジュースも添えられていて、まず文句のないメニューである。

そのオムレツに塩と胡椒をかけて、一口食べてみると、なにか、かすかな変な味がする。フォークを宙に浮かしたまま、首を傾げていると、

「あら、焼くのが足らなかったのかしら」

と、女が言った。

「そんなことはないさ。オムレツはなかのほうはナマに近くていいんだ」

「でも、その卵はよく焼いたほうがいいのよ」

「その卵って……、まさかダチョウの卵ではあるまい」

「猫のタマゴよ」

女が言った。

「冗談はよせよ」

と笑ってみると、女はまじめな顔で、

「猫が卵を産むの、知らないの」

「そんな……」

「あら、知らないの」

心配そうな顔を、女は向けている。その眼に薄い膜がかかっていて、その膜を透して底のほうが光っているのに気付いた……。

コーヒーをどうぞ

土曜日の朝おそく、女は目覚めた。ゆっくりと上半身を起し、両腕を大きくあげて伸《の》びをしてから、ネグリジェの上にガウンを羽織って、ベッドをおりた。

窓に近寄って、部厚いカーテンを勢いよく引く。部屋の中に、光が溢れる。ワンルームの部屋の隅まで、光でいっぱいになる。

テーブルの上に置かれた、陶器の小さい壺の中で、わたしは快く目覚める。壺の中には、白いけれどざらざらした肌をくっつけ合って、たくさんのわたしがいる。どのわたしも、期待で胸をふくらませている。

部屋の五分の一ほどのところにアコーデオン・カーテンの仕切りがあって、その向うはキッチンになっている。

やがて、女はキッチンに入っていった。壺の中で、わたしはわくわくする。女はコーヒーをつくりはじめていて、もうすぐわたしの出番だ。コーヒー好きの女なのだが、コーヒー豆を何種類も挽いてブレンドしたりするほど熱心ではない。ある銘柄のインスタント・コーヒーをつくり、コーヒー沸《わか》しで少しだけ加熱すれば、間に合うものができ上る。香りが部屋の中で揺れ、コーヒーがテーブルの上のカップにそそがれはじめる。壺のふたを女の指が取り去り、銀色の角砂糖挟《ばさ》みでわたしは持ち上げられ、コーヒーの中に入れられた。もう一つのわたしがつまみ上げられたが、すこしの躊《ため》らいののち、壺の中に戻された。このごろ、女は肥ることを、警戒しはじめている。

カップに入れられたわたしの正六面体の軀に熱い焦茶色の液体が滲みこんでゆき、わたしのかたちはじわじわ崩れてゆく。それが、うっとりするほど快く、わたしは手足を大きくのばす。女の指先のスプーンが、わたしをばらばらに掻きまわして液体に行きわたらせる。カップに寄せた唇から、舌の上にわたしは移り、その口腔粘膜を濡らし、歓喜の声をあげながら咽喉から胃の腑に落ちてゆく。

わたしの特徴が、女の舌に作用するとき、わたしは生甲斐をかんじる。

午後二時ころ、女の部屋のブザーを男の指が押した。

テーブルをはさんで、女と男は座る。ワンルームの部屋なので、その隅にはピンク色のカバーでおおわれたベッドが置かれてあるのが見える。

「コーヒーをいれてくれないか。きみも飲むだろう」

男が言う。女は眼を宙にうかし、計算をして、

「三時間ほど経ったから、もう一杯飲んでも……」

と、つぶやきながら、仕度をする。壺のふたを取り、角砂糖挟みにのばしかける女の手を男はおさえ、

「それは、ぼくにまかせてくれ。おいしいコーヒーをつくってあげる」

立上ると、馴れた身のこなしで戸棚からブランデーの瓶をもってきた。スプーンを上に向けて、その窪みにわたしを載せる。

「一つ、それとも二つ」

「一つよ。カフェ・ロワイアルね。でも、それ、肥らないかしら」

「大丈夫さ」

スプーンの上のわたしに、男はブランデーを滲みわたらせ、マッチで火をつけた。橙色の焔を上げて、わたしは燃えあがる。

「熱くないかい」

ブランデーがわたしに話しかける。

「熱いけれど、でも、燃えているのはあんたよ」

わたしが答えると、

「そうだった、あ、熱い」

と、ブランデーが叫んだ。

わたしが女の咽喉をとおりすぎて落ちてゆくと、三時間前にばらばらになってここに入ったほうのわたしは、一つに集結し、胃袋の内壁に平べったく貼りついて、

「さて、そろそろ、この女が肥るのの手つだいをしましょうか」

と、とろとろにとろけた顔つきで、ブランデーと一緒に落ちてきたわたしに片眼をつむって笑いかけた。わたしもウインクをかえした。わたしの特徴が女の軀に作用しはじめるとき、わたしはほとんど恍惚となる。

土曜日になると、男は訪ねてくる。ある土曜日の午後、女の部屋で男がいつものように、カフェ・ロワイアルをつくろうとしたとき、女は拒否して、

「あなた、このごろなんだか、粉っぽいわよ。大切なコーヒーをつくってほしくないの」

と、言った。

「粉っぽいって、白墨のことか。前は上着の布地にまじったこのにおいが大好き、と言っていたじゃないか」

「前は前よ」

男はある大学の助教授である。

「白墨の粉が上着にかかるのは仕方ない。一たん家に帰って着替えをする暇がもったいないよ。きみは、ぼくの職業が好きだったじゃないか」

「それが、嫌いになったの」

その日の夕方女の部屋をふたたび訪れた男は、昼間と同じ洋服のあらゆるポケットから、つぎつぎと白墨を出して、テーブルの上に積み上げ、戸棚から自分のブランデーの飲みかけを出し、その瓶の頸のところを摑んで、そのまま持って帰って行った。

「つまんないやつ」

女はつぶやいて、窓ガラスを開き、その白墨をつぎつぎと外の空間へ投げた。

そのうちの一つが窓枠に当って跳ね返り、戸棚の裏側の隙間にはいりこんだ。そのことに、女は気づかない。

男は二度と姿を見せず、わたしの入った壺は戸棚にしまいこまれた。女はわたしの正六面体の姿を見ることも、厭になったらしい。

赤い壺に入ったシュガーレスの粉末を、女は買ってきた。その赤い色が、いかにも当てつけがましい。コーヒーずきは、コーヒーを飲むことまではやめられないようだ。

わたしは、女がわたしを挟んでカップに落しこむ感触をなつかしく思い出すのを、辛抱強く待った。

しかし、女はすっかりシュガーレスの粉末が気に入ったようだ。なによりも、肥る心配のないことが、女を馴染ませてしまった。

わたしは、ついに怒った。わたしは、戸棚の裏側の隙間にいる白墨を訪問して、

「そろそろ、出てきたら」

「出ても仕方ないだろ」

「ひとつ、お願いがあるの。あんた、粉のふりをして、あの赤い壺の粉の上に載っかってくれなくって」

「粉のふりをしろ、といったって、おれはこういう形をしているから、おれなのさ。おれはおれなのだから、そんなの厭だ」

「そんな考え方は、もう古いのよ。お願いよ」

「厭だね」

わたしは、壺から一ダースのわたしを連れてきて、声をそろえて歌った。

「男らしいかたちの、男らしい白墨さん。ねえ、あたしの願いをきいてくださいな」

わたしは声をそろえて、コーラスをくりかえした。ついに、根負けした白墨は、

「そのコーラスには参ったよ、仕方ない、引受けよう、そのコーラス、リッパ。そのコーラスリッパ」

白墨はその尖った先で雄々しく壺のふたを跳ねのけ、その中にななめに入りこんだ。根元の部分が、壺の外へはみ出している。テーブルの下で、わたしは立方体の一つの角《かど》で立ち、ぐるぐる回りはじめた。

みるみる白墨は先から崩れはじめ、粉末に変化して壺のシュガーレスの粉の上を厚くおおった。

女がコーヒーをいれて、テーブルのカップにそそいだ。わたしは、一ダースのわたしは、唾をのみこむ気分で、女の手もとを見詰めている。女の指が壺のふたを取りのぞく。スプーンが、シュガーレスの粉末のふりをしている白墨の粉をすくい上げる……。

＊本作は「角砂糖」「白墨」「スリッパ」の三題噺として書かれた。

途中の家

もうずいぶん以前のことになる。同じような夢を、半月に一回くらいの間隔で、繰返し見た時期がある。駐めておいた車を探しているところから、夢はいきなりはじまる。なんのために運転してきた車なのかは欠落していて、立去ろうとすると見付からない。うろたえ、困って、探しまわっている。

そのパターンは、一定していない。探しあぐねて、埃っぽい斜面に佇んでいたりする。視界はすべて茶色で、地面が起伏してはるか向うまでつづいていて、樹木も草もない。あるときは、車はたくさんある。横一列に車体が整然と並んでいるのだが、自分の車だけ見当らない。有料駐車場の中を、地下三階四階と歩きまわっている。

あるときなどは、隣りの私鉄駅近くの駐車場に入れたことを思い出したが、もう終電の通り過ぎた時刻になっている。雨まで降ってきた。隣りの駅へ向って走っていると、爪先に堅いものが当った。跼《かが》んで拾い上げると、コンパクトである。蓋を開いてみると、白粉の匂いが立ちのぼって雨の粒にからまる。オーバーを頭までずり上げ、雨を避けて走りはじめたところで、さいわい目が覚めた。夢で匂いが感じられるのは、稀なことだ。

　そのころ、「途中の家」という小説のタイトルが、不意に浮んできた。その家は、林の中の一本道の傍に建っているか、丘の麓にあるかのいずれかで、一軒家でなくてはならない。といって、実際に書いてみるつもりもなくて、そのままになってしまった。

　その「途中の家」が、繰返し見る夢に絡んで、時折姿をみせるようになった。ただし、自分がその家に行くわけではなく、車を探しまわっているときに現れてくる。

　その山荘風の家は、いつも扉を堅く閉ざして、来訪者を拒否しているようにみえる。このことには、子供の頃の記憶が作用しているのではあるまいか。都会の子供は、近所に謎の家をつくり出すのが好きだったし、十分に都市化していなくて中心部にも原っぱが残っていた時代には、こういう家を見付けるのは困難ではなかった。

　それはだいたいにおいて西洋館で、「あの家のドアは外からは開くが、内側からは開かない」などと子供たちは言い合って、そうきめてしまったりした。

「あの家の二階の窓ガラスのうしろに、女の顔が白く見えたよ」

と一人が言い、

「ドアは外からしか開かないのだろ、食事はどうする」

「電話で注文して、品物を外から入れてもらえばいいわけさ」

などと、会話の辻褄が合ってくる……。

その夜の夢では、車の消えた経緯はわかり易かった。「途中の家」の近くに車を置いたことは、はっきりしている。立去ろうとすると、車がない。

そういうとき、いつも同じ強さで、うろたえて困惑する。その場所をはやく離れたいのだが、その手段となるものが消えてしまっている。かなり深刻な悪夢である。

両手の掌をその家の壁に当てて前のめりの軀を支え、首をまわしてあたりを見まわす。人影も車もまったく見えない。厚い木の壁の感触が二つの掌に伝わってきて、やや心が落着く。

「この建物の右どなりの空地に、車を駐めたことに、間違いはない」

確信が戻ってきて、壁から離れた。あらためて建物の横手へまわると、たしかに空地はあるが、車はない。

土の上のタイヤの痕を調べようと、蹲《うずくま》った。ひどく堅い地面で、途方もなく大きな竈《かまど》に入れて焼き上げた陶器のようだ。しかし、かすかに痕が残っていて、二つの条が並行して道路のほうへ向っている。

　道路はさらに堅く、鋼鉄板のようである。競技場のアンツーカーに似た煉瓦色で、痕はいっそう薄くなったが、気配のようなものが道の上に二列になって残っている。それを辿ってゆくと、不意に右へ深く曲った。

　眼を上げると、すぐ前に山荘風の家の玄関がある。もしそれがタイヤの痕だったとすれば、なぜ玄関までつづいているのか。

「この建物は、じつはガレージではないのか」

　道路に戻って建物の全景を眺めてみたが、ガレージとはおもえない。玄関の扉に、旧式の鍵穴が黒く小さく開いている。あらためて扉に近づき、蹲ってその鍵穴に片眼を当てた。

　鍵穴の向う側にも片眼が押し当てられており、眼と眼が合った。

　眼を離して、もう一度、鍵穴を覗く。

　今度は白い色がすぐ向うに押し当っていて、そのうしろの空間は見えない。滑らかな濡れた白だが、それがなにか判断がつかない。

　扉のノブを握って、ゆっくり回してみる。すこし手前に動いた。思い切って、一息に引いた。雪崩れるように溢れ出たものが、頭からかぶさってきた。

　心臓に冷たい感じがあって、倒れた。まるで氷の楔《くさび》を打ち込まれたようだが、それは溶けかかっていて、滑らかな感じがかえって危険だ。

仰向けに倒れている軀の上に、落ちてくるものがある。霰《あられ》のように、雹《ひょう》のように、降りそそぐ。掌を突き出したまま、眼を開いていた。何千、何万個と落下してくる楕円形の粒の一つ一つに、小さい黒い点が入っている。

「目玉だ」

声が出た。

一つ一つの眼球が、視線を向けた角度を動かして、凝視しつづけながら落ちてくる。

「見るな」

払い除けると、掌の甲に湿った感触を残して、地面に積もってゆく。軀のまわりの粒はしだいに嵩高《かさだか》になって、頸から顔に冷たく触れるまでになり、頬のほうから覗き込む。

「見るな」

もう一度言うと、氾濫している眼球の黒目は一斉に消え、楕円形の白が薄緑を帯びた。空中から掴み取ると、掌に緑色の柔らかい粒が沢山入っている。平たく潰れて、ぬるぬるしている。

「これは、痰かな」

見るな、という言葉にたいして、べつの形で攻撃してきたのか。調べてみると、痰ではない。緑色の葡萄の大きな粒を、その皮をはがし種子を取り除いたものである。マスカットの一粒を食べるときに、そういう処理をするわけだが、その粒がたくさん集まるとずいぶんと気味がわるい。

落下してくるものがなくなり、にわかに軀の傍が乾いてきた。首をまわすと、いままで積もっていたものは見当らず、煉瓦色の地面がむき出しになっている。湿った痕もない。

立ち上って、玄関のほうを見る。扉は外側へ開いたままだが、その奥にもう一つドアがある。開かれた扉の内側もきれいに乾いている。何万個もの眼球がひしめき合って詰まっていた気配は、すこしも見られない。

奥のドアに近寄って、ノブを握った。この向うに、なにか異変があるだろうか。ある、とおもう。なにもないわけはない。

ドアをゆっくりと引いた。

ドアの向うは、応接間になっていた。ソファと長椅子、天井からの照明器具……。絨緞の上に、自動車は入口へ向いて坐っていた。その傍にテーブルがあり、白く平たい皿に緑色の大きな葡萄の房が載っている。横に置かれた紅茶茶碗からは、湯気が立昇っている。

人影は、一つもない。

車がこちらへ向って、一メートルほど動いて停った。身構えた気配である。力をためて、一挙に発進しようとしている。ヘッドライトは点灯しない。逆にその部分が、眼球を剔《えぐ》り抜いた黒い眼窩のようにみえる。

黒い穴が二つ並んで、こちらを見ている。エンジンが低く唸りはじめ、その音がしだいに大きくなり、不意に車は飛び出すようにスタートして、軀の上にかぶさってきた。

ひどい衝撃。轢かれて、そして意識が失くなった。

そのとき、目が覚めた。

夢から現実に戻れば、また元の日常生活がつづくことになる。生き返っていいわけだ。しかし、この夢の中でショック死していても不思議ではないな、と寝起きの冴えない頭で考えている。夢の中では、恐怖が何十倍にも増幅されて襲いかかってくる。

そのころ、四十歳前後の働きざかりの男たちが、朝になると蒲団の中で死んでいることが起っていた。眠りにつく前までは、異変はまったくなく、平素と同じ状態だったのに。そのことが、幾度も起った。

解剖しても、原因は不明であった。新聞の社会面は、その都度、大きくその話題を取り上げていた。そういう時代の夢の話である。

光の帯

仕事の関係で、しばしばホテルに泊ることがある。

ある夕方、ホテルの横の回転ドアを押して中に入ったとき、

「あら、しばらく」

女の声がした。

「おや。ほんとに、しばらく。それにしても、すこしも変らないね」

お世辞ではなかった。もともと薄化粧なのに、以前と同じ顔と軀つきである。不気味なくらい、変っていない。

「ええ、よくそう言われるわ」

当り前の口ぶりで言い、口もとがすこし笑っている。

「十年経つかな」

「十一年よ、この子が十一だから」

男の子が傍にいたが、べつのほうを向いている。

「ああ、結婚した年に子供が生れたんだね」

立ち話のまま別れようという気配が、女にもあった。その子の名前をたずねてみようか、とおもったが、やめた。余計なことだ。

「いま、ここに泊っているの」

「そう」

「一人で」

「そう、仕事で」

「そうね、仕事のときはいつも一人だったものね。じゃ、お元気で」

淡泊な口調で言い、女とその子供はドアの方へ歩いていった。

エレベーターに乗って部屋に戻り、埃っぽくなっていたので、浴室に入った。

浴槽で全身を洗い、シャワーを頭から浴びた。浴室のタイルの上に立って、大きなバスタオルで髪の毛から拭きはじめたとき、仄《ほの》かな匂いを感じた。この匂いには、以前から気付いていたのだが、いまはそのことにこだわりはじめている。芳香でも悪臭でもないそれが、心の底を刺戟してくる。なにかを、思い出しかかっている。

素早く全身を拭い、そのタオルをまるめてタイルの上に投げた。洗面台の鏡の前を点検してみたが、化粧品の類は一つも置かれていない。

大きなベッドに寝るのが好きなので、ダブルベッドの部屋に入っている。したがって、浴室の壁のタオル掛けに、バスタオルはもう一枚残っていた。その一枚を摑み取ると、乾いた手ざわりが快い。頭からかぶるようにして、もう一度、髪の毛を拭う。また、匂いがした。

軀を拭いながら部屋に戻ると、匂いは纏《まとわ》りつくように移動してくる。タオルをまるめて部屋の隅に投げると、匂いはしばらく揺れ漂って、そして消えた。

タオルのところに行き、拾い上げて嗅いでみる。香水やオーデコロンや口紅や白粉の気配ではなく、そういうものを取払うための洗剤のにおいともおもえない。その種の化学製品によっては取去られない匂いが、タオルの繊維に絡まり付いている。いや、そう思いたいのかもしれない。なにかを思い出しかけている。

その微かな匂いは、心の底を刺戟して物悲しい気分にさせている。

削ったばかりの鉛筆も、物悲しい匂いがする。やや揮発性の匂いは黒い芯の部分にあるのだが、匂いともいえぬくらいのものが、木の部分にもある。木の部分にも役割はあって、その二つが混り合うことであの匂いができてくる。黒、赤、青の順に、その匂いは稀薄になってゆき、芯の成分のせいか青鉛筆には心の底を刺戟するものは、ほとんど無い。エレベーターガールの胸が丁度眼の高さにあった頃だから、小学生だった筈だ。そのころ、日曜日には都心のデパートを遊び場にしていたが、一階二階三階、とそれぞれ違うにおいがしていた。

六階だけ客の数もすくなくひどく落着いたにおいがしており、子供には不満だった。その階はスチール製の整理戸棚とか金庫、さらには机や椅子の売場だった。しかし、年に二度、その階が華やぐ時期がある。「文房具まつり」という催しがその階でおこなわれて、鉛筆の製造工程の実演などをみせていた。出来上ったばかりの鉛筆を一本貰い、噎《む》せる気分で嗅いだ記憶が鮮かである。

小学生でも、心の底にはたくさんの暗い部分があるのは当然だが、今おもうと不思議なくらいその分量が多かった。

金銭は持たせてもらえなかったので、買物はできない。ショウケースの中に並べてある手品の種を眺めたり、屋上へ行ってメダカや亀を眺めたりして半日を過す。たまに保護者のいるときには、地下にあるフルーツパーラーでオープンサンドイッチを食べる。当時としては珍しいもので、平たい皿に三角形のトーストが一枚だけ載っていた。

そう、そのトーストの匂いである。まわり道をしたが、バスタオルはすこし焦がしたトーストに似た匂いがしている。匂いの粒子は温かい水の粒によって増幅され、濃密に嗅覚に訴えてくる。

夜明け、パンを焼く工場の周囲には、独特の匂いが漂いはじめる。焼上るのが、その時刻なのだ。イースト菌を入れて練り上げたメリケン粉は、甘い饐《す》えたにおいがする。窯の中でパンが香ばしくふくらむときに、物悲しい匂いに変化し定着してゆく。

思い出したいことはすぐ目の前にきているが、まだ指が届かずにいて、心が残っている。

気がつくと、窓ガラスの前にタオルを持って立っていた。十二階の部屋の窓の向うは夜になっていて、たくさんの灯火の光る街を道路が左右に割って垂直に伸びている。その上をヘッドライトの黄と尾灯の赤とが、左右二条の連続した光になってはるか向うまで動いている。タオルを床の上に捨てて、ベッドに歩み寄った。

シーツには、肌のぬくもりと微かな匂いが残っているようだった。それが、幻覚だということはすぐにわかったが、その匂いはバスタオルのものと同じだった。

その幻覚が消えると同時に、わかったことがある。ようやく、そのことに気付いたのだ。

それは、あの女、さっきホテルの横の出入口のところで擦れちがうような会い方をした女の部屋で、ときおり感じたものとも同じだった。

ベッドの上で、女は溶けかかった白いバターのようになっている。そのときは、匂いの中に長くいるために鼻粘膜が慣れてしまい、それに気付かない。

女から離れて浴室へ行き、ふたたび部屋に戻ったとき、その匂いが鼻に忍びこむ。

「ああ、ふしぎな匂いだな」

ベッドに俯せになったまま、女が問い返す。

「どんな」

「物悲しいような」

「獣のようなの」

「いや、違う。もっと静かな」

動物の精気のようなものが発散し尽したあと、それは軀の芯のところから毛穴の外へ搾り出されて、たくさんの罌《け》粟粒《しつぶ》のように空間のあちこちにそっと置かれている。それは微かなものなのだが、香料や化粧のにおいをゆっくり押除けている。

「もっと具体的に言えないものなの」

と、女は言う。

「具体的に……、か。色気のない言い方だなあ。いったんベッドを離れて、また戻ってくると自分で分るよ」

「動けないもの」

それから十年、いや十一年経って、具体的な言い方がわかった。しかし、「すこし余分に焦がしたトースト」という言葉とあのころの気分とは、かなり離れていた。

ホテルのバスタオルは、沢山まとめて洗濯機械に容れられるのだろう。そのうちの一枚が、あの匂いを含み込んでいれば、匂いの粒子はすべてのタオルの繊維にきわめて微量だが行きわたる。そのことが繰返され、人間の鼻に感じる匂いにまでなってくる……。それはあくまでも妄想であるが、いまの自分にとっては事実として存在している。

その匂いは、愛し合っている同士の軀から出てくるとはかぎらない。先刻、廊下で擦れ違った男女がいる。男は外国人で、女はその腰までしか背丈がなかった。あの巨きな軀の下で切裂かれるようになった女から、長い時間のあとあの匂いが出てくることもあるだろう。

電話が鳴った。サイドテーブルに腕を伸ばして受話器を取ると、女の声がした。

「わかる、さっきお会いしたばかりだけど」

「わかるよ」

「男の子、見たでしょう」

「横顔だけね、こっちを見ていなかったからね」

「似ていたでしょう、あなたに」

「…………」

「でも、愉しいことじゃなくって。自分の子供がどこかにいる、とおもうことは」

「冗談なのか、本当のことなのか、はっきりしてくれないか」

「…………」

「おい」

「窓の外に、電光ニュースが見えるでしょう。そこに、その答は出ているわ」

電話が、切れた。

ベッドの上から、カーテンを開けたままの窓の外が見える。遠くのビルの横腹に電光ニュース板があって、光の文字が右から左へチラチラ動いている。

それに、眼を凝らす。

光は散漫な模様を描いたまま、文字の形をなさずに移動してゆく。

「当り前だ、電光ニュースがそんな個人的なことを報らせるわけがない」

とおもったとき、光の帯に文字の形があらわれて、航空機の事故を報らせた。

「いまの電話は、夢だったのか。いや、このニュースも夢かもしれない」

ベッドをおりて、窓際へゆき、遠くの電光ニュースを眺める。光の文字は、ほかの二つの事件を報らせ、もう一度飛行機事故のニュースに戻った。

足もとを見ると、まるめたバスタオルが落ちている。拾い上げると、そのタオルには湿り気がすこしもない。

浴室を覗いてみた。壁には、もう一枚のバスタオルが掛っていて、入浴した気配はない。浴槽に浸り、シャワーも浴びたつもりだったが、あれは夢だったのか。

いまいる場所は、高層ホテルの一室であることに間違いない。しかし、どこからが夢だったのだろう。

あるいは、ホテルの出入口のところで、男の子を連れた女に会ったところから、すでに夢だったのかもしれない。

白と黒

耳の付根のところまで抜けるように白い女が、長方形の小さいものを差出して言った。

「これを持っていらっしゃい」

それは板チョコで、黒と白と一枚ずつである。

「それは、なんですか」

「チョコレートだわ」

「それはわかっているけれど」

「この白いほうは、中身も白よ。持ってらっしゃい。あなたは、これから夢の中に入ってゆくのだから、白いものを持って行かなくちゃ」

「夢の中は暗いけど、なんでも見えますよ」

「理屈を言わないで、持っていらっしゃい」

「それじゃ、黒いほうは」

「それも一緒に……、いまにわかるわよ」

そう言って、女は消えた。

喫茶店にいて、コーヒーを飲んでいる。すこし離れた窓際の椅子に座った女の横顔が見えた。

初めて見る女だが、その横顔の線が、ぎくり、とするくらい美しい。額を形づくる線が鼻梁へ向って流れてゆく具合、鼻の先から直角に上唇へ下り、下唇から顎そして咽喉への線の見事さ……、といってもその女の顔は想像できないだろうが、つまりは好みのタイプというわけだ。それも、これほど好みに合う曲線を、久しぶりに見た。その線はやや冷たく、眼をつむりまた開いて見ると、ややあたたかい。全体に地味な感じなのに、その窓際のところだけ、キラリと光っている。

女の顔がやや斜めになって、眼のかたちがわかった。切れ長で、見開けばどこまでも大きくなりそうである。やや冷たく、ややあたたかい光がある。

胸がときめいてきた。

「一目惚れか」

とおもい、

「一目惚れする齢《とし》かな」

まるで少年のようだ、と自分の年齢について考えてみたが、自分が幾つなのか思い出せない。

不意に気配があって、輪郭だけでその内側は黒く塗りつぶされた人影が、前の席に座った。

「ダメじゃないの、重ね方が反対よ」

その声とともに片手が伸びてきて、テーブルの隅に重ねてあったチョコレートの上下を逆にした。黒いチョコレートの替りに、白いチョコレートが上になった。

「ほら、こうすれば、あたりがよく見えるでしょう」

なるほど、その女の顔が白くなり、目鼻立ちがはっきりしてきた。美しい女で、官能の気配が漂う。さっき、チョコレートを手渡した女と同一人物であろう。その女の陰になって、窓際の女は見えなくなった。

「でもね、さっきまで、よく見えていたのですよ」

「なに言ってるのよ」

女はしばらく見詰めていたが、

「あなた、幾つなの」

「……」

そのことを、さっき考えていたのだ。

「わたしより、すこし年下かしら」

その女は、二十歳とも見え四十歳とも見える……、というより、年齢のない感じである。

となると、女の眼に自分はどう映っているのだろう。

「わたしの家へきません」

不意に、女は椅子から立ち、釣られて立上った。

黒い部屋である。絨緞も壁も天井も、そして家具まですべて黒である。黒いソファに座っていると、女が言った。

「ブランデーでも、お飲みになる」

「いや、いまは……」

唐突に、女が言った。

「あなた、オセロできて」

「できますよ」

「オセロしません」

背の高いテーブルに移って、向い合った。

「さあ、あなたの色はどちらになさるおつもり、シェイクスピアさん」

「ああ、オセロというのはそこからきているのでしょうね。とすると、オセロ将軍のほうを持ちましょう」

「黒を持つつもりね」

「やはり、レディファーストですから。白はデズデモーナということになりますね」

「父はヴェニスの公爵というわけね……。ヴェニスはご存じなの」

「ええ、一週間ばかりだけれど」

「いかがでした」

「そうですね、水がたくさんありました」

「ふしぎな感想だこと」

「無花果《いちじく》と生ハムの前菜がうまかった」

「それは、おいしそうね」

そんな会話をつづけながら、ゲームは進行してゆき、黒の石がたくさん裏返されて白くなり、白の陣地が大きくなって、女の勝におわった。

「わしに歯向うとは、デズデモーナ、おまえの浮気は本当だったのだな、あのイアーゴーの教えてくれたとおり……」

女は笑わずに、言った。

「弱いのねえ、もうすこし、なんとかならないの」

「今度も、あなたが黒い色ね」

女が言う。

円くて平たい板の片面が白い色、裏返すと黒い色につくってある。正方形の盤には六十四の桝目があり、その中央の四つの桝に白を二つ黒を二つ互い違いに置いて、黒の先手でゲームがはじまる。相手の石を挟むと、その石を裏返すことができて、色が変る。石を置く場所がなくなったとき、それぞれの色を数えて、多いほうが勝。十年ほど前に日本で考案されたゲームだが、今では世界選手権もおこなわれている。

「本気を出しますよ」

「あら、自信があるの」

と、嘲るように女が言う。

「ブランデーをいただきましょうか」

「かしこまりました」

頭の上のほうで、男の太い声が返事した。黒い部屋に黒い色だから気づかなかったが、黒人の召使がブランデーグラスを運んできた。

「しかし、オセロの道具というのは、どうも安っぽいな。ブランデーを飲みながら、という感じじゃない、コーラのラッパ飲みが似合う」

「余計なことを言わないで、はやく石を置いたら」

「やはり、ブランデーはチェスに似合うな。駒が立体的なところがいいのかな」

「まだ伝統がないからよ。そのうち、道具にも凝ってくるわ。チェスは立体的でも、チェッカーの駒は平たいでしょう」

「ま、それはそうですが」

「あら、あなた、そんなところに黒を置いていいの」

ゲームは盤の半分の部分だけで展開しており、黒石はつぎつぎに裏返されて、白くなってゆく。とうとう、黒い色は三つだけになってしまった。

「まっ白になってしまったわ、黒はチラホラよ」

「いいんですよ、これを、縮《ちぢ》こまり作戦といいましてね、オセロの定石の一つです」

そのうち、隅の桝に黒が入った。白としては、そうなることが避けられない成行だった。

隅の桝の一つにでも石が入るとゲームはたちまち有利になる。

白がつぎつぎに裏返されて、黒に変ってゆく。

「おや、どうしました。唇を嚙んで」

揶揄すると、女は顔を上げて睨む。

「そんなに大きく眼を開いたりして」

女は気づいていないらしいが、これは「オセロ」のクライマックスの直前に、デズデモーナのほうがオセロ将軍に言うセリフである。

「そこでいいんですか。はい、ここに黒を置くと、一つ二つ三つ四つとこの白がひっくり返って黒。こちらも三つ、黒になるな」

最後の黒を置くと、六十四の桝目がすべて黒になってしまった。正方形の盤の上は、まっ黒である。

女は椅子から立上り、唇を嚙み眼を見開いて、その黒を睨んでいたが、無言のまま部屋から出て行った。その足取りに、口惜しさが滲み出ている。

間もなく、黒人の召使があらわれて、

「お風呂にお入りください」

と、言った。

バスルームも黒かった。

石鹼も黒い。

終って外へ出ると、召使が黒いバスローブを着せかけてくれて、言う。

「あちらで、お待ちでございます」

ドアを開くと、そこは寝室である。大きなベッドの上に、女は背中を見せて、全裸で寝ていた。頸筋から肩の線、胸のふくらみから胴のくびれへと流れてゆく線、その線がにわかに隆起して腰から尻のふくらみをつくってゆく。その見事な線のすべてが、白く光っている。

サイドテーブルの上には、二枚のチョコレートが重ね合せて置いてあり、白が上になっていた。

そのままの姿勢で、女は片腕を動かし、

「ここにいらして」

「ベッドの上で押し殺されたいのか、デズデモーナ」

冗談を言ったその声が、咽喉に引っかかって嗄《か》れた。

黒いバスローブを脱いで、女の傍に横たわった。軀のおもて側を女の背の白いひろがりに寄せたとき、にわかに女が向き直り覆いかぶさってきた。

その瞬間、白い光が消え、まっ黒い軀が眼の前にあった。油を塗ったように光る黒い乳房と黒い腹部が上にあって、やわらかくそして力強く押しつけてくる。

しばらくして、女の黒い顔から声が出た。

「わたしの勝よ」

自分の腕を見ると、黒い色に変っている。肩も、腹も、脚も黒く変色していることが分かったが、顔も同じように……。

「鏡は」

「鏡はありません」

そう答えると、女の腕がサイドテーブルに伸び、白いチョコレートを摑むと闇の向うへ投げた。

黒い闇がかぶさってきて、なにもかもそこに呑み込まれてゆく。

台所の騒ぎ

大きな部屋の隅に立って、床の上を眺めている。たくさんの瓶が、あちらに三本、こちらに二本という具合に置かれている。その形はさまざまで、頸から上が馬の首になっていたり、人形のかたちだったり、細長くて透明な尋常のガラス瓶もある。

中身の液体は、茶色、白、透明、草色とこれもさまざまである。

壁に背をもたせかけて、

「これだけあれば、死ぬまで酒に不自由しないな」

と、呟き、

「死ぬまでに、こんなに飲まなくちゃいけないのか」

そう言い直したとき、すぐ傍で女の声がした。

「おじさん、心配しなくてもいいの、そんなに長生きできやしないから」

二十歳くらいの女がこっちを見上げて、眼の隅から視線を走らせている。

「きみは誰だ」

「誰でもいいの」

そう言い返して、生意気な感じである。

そのとき、大きな破裂音がして、騒々しい音がつづいた。台所に通じるドアは閉じてあるが、そのむこうから音はひびいてくるようである。

「じゃがいも一家と人参一家の出入りかな。野菜の手や足がころがって、仲裁に入った豚が、余計なお世話だ、とズタズタに切り裂かれているところか……」

「そうなれば、カレーライスをつくっているところじゃないの」

すかさず女が言い、「茶色い血煙りが上って、見ればこれがカレー粉」という言葉が口から出せなくなった。

「うるさいぞ、きみは」

「だって、ほかに考えられないもの」

けろりとして女は言ったが、ふと思案顔になり、

「でも、台所には誰かいるんでしょう」

「誰もいない筈だ」

「それじゃ、一人暮しなの」

「ともいえないがね。きみはどこから入ってきたんだ」

「もちろん、玄関からよ」

「堂々たるものだな」

「だって、客だもの。招待されたからきたのよ」

「誰が招待した」

「おじさんよ」

「そんな覚えはない」

「覚えがなくても、招待したのよ」

「ま、いいや。ちょっと台所を覗いてみようか」

「賛成」

台所のドアを少し開くと、その隙間から凄いスピードで飛び出してきて部屋の天井に当り、床に落ちたものがある。

「なんだ、弾丸か」

歩み寄って拾い上げると、アーモンドの種だった。女も近寄ってきて、パチパチ手を打ち合せ、

「あら、おもしろい、銃撃戦ね。刃物の斬合いかとおもったのに」

「なにを喜んでいるんだ」

「あたし、こういうのって、好きなの」

「つまり、血が熱くて血が騒ぐんだね」

「そうなの」

「しかし、このアーモンドは、ピストルの弾丸の替りじゃないな。アーモンドは生き物だからね」

「それじゃ、それ、なんなの」

「連絡の役目かなんかで、走りまわっていたんだろう。とにかく、はっきり確かめてみよう」

もう一度ドアに近寄り、隙間をつくって覗いてみると、牛蒡《ごぼう》とセロリが刃物を握って斬合いをしている。牛蒡の側には豆腐が、セロリの横には玉葱が腰を据えていて、介添人の役割をしているようだ。

セロリのほうが腕が立って、牛蒡は頭のほうからつぎつぎとささがきにされてゆき、介添役の豆腐の上に散らばった。さらにとどめの一撃で、その上に玉葱が重たい尻を載せると、豆腐が毀れて潰れてしまった。

「勝負あった、これからの料理はけんちん汁である」

重々しい声がひびいた。台所の中央に座を据えている竈（オーヴン）が、四角い口を開いて宣言した。

「わ、ステキ」

覗き見している女は、また掌を叩き合せて、

「台所の親分は、やっぱりオーヴンなのね」

「オーヴンがオーオヤブンか」

駄洒落を言ってみると、女は軽蔑した眼で振返り、すぐにまた隙間に眼を当てて熱心に覗いている。軀を二つに折って大きく尻を突き出した腕白小僧のような姿勢と、十分に成熟した肉とのアンバランスがおもしろい。

眼の前にあるその尻を撫でてみようか、とおもったが、やめた。女の頭の上の隙間から、台所の中を覗いてみた。

「待った」

カレー一家を呼びとめる声がひびき、視界がにわかに白くなった。粉っぽい白さで、小麦粉が撒きちらされたのだろう。

その煙幕が薄れてくるにつれて、セロリの姿が見えてきた。そのセロリが袋を投げると

壁に当って破れ、粉が飛び散って視界が今度は黄色くなった。独特の刺戟臭がいちめんに漂う。

「わ、ゴホンゴホン」

女は咳きこみながら、

「セロリと玉葱のタッグチームは、やっぱりカレー一家だったのね」

咳をつづけながらも、隙間から眼を離さないで、

「でも、小麦粉はなんなのかしら。小麦粉はカレーにだって使うし、データが不足だわね」

と、呟いている。

つづいて、黒茶色の煙幕が張られて、さらに強い刺戟臭が押し寄せてきた。あらゆる香辛料を詰め込んだ目潰し袋が投げられたようである。

「おい、もうよそうよ、苦しいじゃないか」

女の背を叩いて催促してみたが、

「これからが面白いところじゃないの。苦しいなら、あっちへ行ってよ、困ったおじさんね」

と、ドアのところから離れない。

茶色の霧が薄らいで、ものの形が影絵のように見えはじめたとき、セロリの背骨が細長いものでしたたか殴られ、

「やられた」

と、その軀は二つに折れた。細長いものは麺棒で、硬さの点でセロリは及びもつかない。

「きたねえぞ、おめえが出てくるなら、こっちは柄杓《ひしゃく》を出すぞ」

「出せばいいだろ、こっちはな、はっきりした形のあるものは、おれだけなんだもんな」

「それによ、小麦粉の野郎も、きたねえよなあ。こっちで働いたり、そっちで働いたり、とんだ二股膏薬だぜ」

「なにを」

小麦粉が言い返す。

「おまえのところとでは、待遇が段違いだもんな」

「うるせえ、柄杓を出すぞ」

「出しやがれ、こうなりゃ、総力戦だ」

それからの台所は、前にも増した大騒動になった。

カレー一家は、人参・じゃがいも・玉葱・セロリ……、小物では福神漬から花らっきょうまで総登場だが、なんといっても香辛料の目潰しが主力兵器である。ついに威風堂々登

場した御玉杓子が、これらの粉をすくい上げて投げかける。

これにたいする相手方は、アメーバ作戦とでも言おうか、蜂蜜・バター・牛乳・サラダオイルが透明な舌のようにねばねばぬるぬると床を這ってゆき、カレー一家は足を取られて転倒者が続出したが、しかし局面は混戦模様のまま膠着している。

ふっと溜息をついて背を伸ばした女が、たずねた。

「あんなにハデに登場した小麦粉が、ちっとも姿を見せないのは、なぜかしら」

「それは、カレー粉と混ると困るので、姿を隠しているんだろう」

「やっぱり。おじさんも、あれはホットケーキ一家だとおもっているのね。でも、どっちが勝つのかしら」

もう一度、女はドアに取付いた。

そのとき、光る粉が台所の空間に飛び、落下していった。脹《ふく》らし粉である。床の上で粘っている液体が一斉に波立ちはじめ、皮膚のひろがり全面に大小形状さまざまの蕁麻疹の突起が盛り上ってくる光景に似てきた。

「きもちわるーい、おれはもうやめた」

玉葱が叫び、

「勝負あった」

と、オーヴンが貫禄十分に判定を下した。

「あたし、もうたまらない。こうなったら、台所に入ってみるわ」

「よしなさい」

引留める手を振切って、女はドアの中に飛び込むと、オーヴンに声をかけた。

「素敵、あなたが親分ね」

「よくきたな、なにかご馳走しよう。ホットケーキがいいかな」

オーヴンがそう言うと、不平の声が一斉に起った。

「今度は、カレーの番だ。おれたちは勝ったのだ」

「うるさい、わしが自分でつくれるのは、ホットケーキのほうなんだ」

オーヴンは腹の蓋を開き、材料をすべて収納してしまった。間もなく、狐色にふっくら焼け、バターが載り、蜂蜜のかかったホットケーキがつぎつぎと出てくる。

女はおいしそうに食べはじめる。一枚また一枚と、とめどなく食べる。女は当り前の様子で食べつづける。いま台所は、別の次元の空間になっているらしい。

およそ百枚のホットケーキを食べ終えた女は、

「親分、ありがとう、おいしかったわ」

と言い、ドアから出て、居間の空間に戻ってきた。

「きみ、だいじょうぶか」

そう声をかける間もなく、女は腹をおさえて苦しみはじめた。床の上に四ん這いになって、嘔吐した。ところが、出てくるものは、黒くて粘る泥なのである。どろどろ泥がとめどなく出てくる。

その背中をさすりながら、

「いくらなんでも、もう全部出ただろう」

と、その口もとを見たとき、女が嘶《いなな》くように首を持上げ、口を大きく開いた。

そのとき、泥まみれの口の奥の光る泥のあいだから、胎児の小さな顔がのぞいているのがみえた。

お母さんが死んだ。

それからしばらくして、お父さんが四角くて大きな顔のおばさんを連れてきて、言った。

「おれは、ひと月たったら、帰ってくる。来年の春になればおまえは幼稚園だから、昼間の手数ははぶけるんだが。なにせ、おまえは手に負えんからな。おばさんの言うことをよく聞いて、ゆう子と二人でおとなしくしてるんだぞ」

ゆう子とは、一つ年下の妹のことだ。

「ひと月たったら、帰ってくるの」

「そうだ」

「このおばさん、だれ」

「家政婦だ」

「カセーフって、なんなの」

「おまえたちの世話をしてくれる人だ」

「クロの世話もしてくれるの」

「そうだ、猫のことも心配しなくていい」

　そう言って、お父さんはいなくなってしまった。

　家屋の屋根は瓦で、縁側があり、雨戸を収める戸袋があり、雨戸のための溝がある。縁の下という場所もある。

　鋪装路の端には幅の狭いドブがある。ドブの中は泥土が露出し、ゴミだらけだった。

　緑は多く、空地があちこちにあり、大きな樹木があり、地面に椎の実やドングリが落ちている。都会の中心地なのに、ドングリの実が拾える。この実を食べると吃りになる、という言い伝えがあった。


　お父さんは帰ってこない。もっとも、ひと月の終りになるまでには、まだまだ日が残っている。それに、お父さんが帰ってきて、良いことがあるだろうか。お父さんはよく殴る。ゆう子は殴られないが、ミヤゲを買ってきてくれたこともない。

　しかし、やはりお父さんがいて、自分たちがいたほうが、なにか筋が通っている気がする。ゆう子と二人だけでは、途方に暮れるところがある。

顔の大きなおばさんは、とてもこわい。いつも睨んでいるかんじで、やさしくしてくれたことがない。邪魔ものを扱うように、荒っぽい。

縁側の端に立って、庭に向ってオシッコをしていた。虹のかたちに飛ぶ。とても遠くまで飛んで、おもしろい。

ゆう子がやってきて、並んで立ったままオシッコをはじめた。

不意に泣きはじめて、言った。

「お兄ちゃんみたいに飛ばない」

ゆう子のオシッコは、雨戸の溝にいっぱいたまって、左右にひろがっている。脚が濡れ、踵も濡れている。

ゆう子が、自分の腿のところを覗き込んでいる。

「お兄ちゃんみたいじゃないんだもん」

と言って、また泣いた。

そのすぐあと、気がつくと縁側からころがり落ちて庭に俯せになっていた。湿った土の匂いが、鼻先でした。背中を殴られて軀が飛んだとおもい、「お父さんが帰ってきた」と振向くと、おばさんが縁側に立っていた。

「なにしてるのさ、オシッコしたり、勝手に飛び降りたり」

　とおばさんが言う。

　たしかに、背中を強く突かれた気がしたのだが。

「いたずらばかりしてないで、戸外《そと》へ行って遊んできなさい。子供は風の子だからね」

　ゆう子の手を引張って、門を出た。すぐ前が広い坂道で、自転車や自動車が走っている。ときどき、荷車を曳いた馬が歩いている。

　坂の上まで行き、敷石道になっている歩道の上からマッチ棒を一本拾った。

「お父さんが帰ってくるのはいつだっけ」

「もうすぐでしょ」

「明日かえってくるかなあ。はやく帰ってきたらいいのにな」

「うん」

　坂道の両側には、家が並んでいる。歩道と家々との境目は小さいドブになっていて、少ない量の水がゆっくり流れている。

　そのドブのそばに踞《かが》み込んで、水の上にマッチ棒を置いた。水と一緒に、マッチ棒は動いてゆく。

　水のすくないドブの底は、泥土がでこぼこに露出して、そこにゴミが溜っている。マッチ棒は前のゴミにくっついて、躓《つまず》いているように尻尾をふるわせ、ふと離れてまた流れ出す。いくつかの障害物のところで辛うじて身をかわして、水の上の旅をつづけるが、ついには引懸ってドブの中のゴミになってしまった。丁度、坂のまん中ごろの場所で、マッチ棒はかなりの健闘をしたことになる。

坂の下までたどり着かせよう、ともう一度坂の上に戻って、マッチ棒の燃え殻を拾う。それは、道の上にいくらでも落ちている。ヘアピンとか、ときには硬貨も落ちている。

マッチ棒が坂の下まで辿り着けばお父さんがはやく帰ってくる……、占うような気分もあったのだが、それはもうどこかへ行ってしまった。道の上に蹲って、ドブを覗きこんでいる。ゆう子も夢中で、マッチ棒が障害物のところでいまにも離れて動き出しそうになっているときなど、道の上に腹這いになって声援している。

倦きずに繰返して、日の暮れるまで坂を上ったり下ったりしていたが、とうとう下まで流れつくマッチ棒はなかった。

「おもしろかった」

ゆう子が言う。

クロがさかんに鳴く。心配になるほど鳴きつづける。

「おなかがすいてるんだな。おばさん、ごはんあげてくれた」

「やってますよ、ちゃんとね」

そう返事するけれど、クロの食器の内側は乾いている。おばさんの留守に、台所をさがして煮干をクロにやると、唸りながら食べた。

そのクロが、姿を消した。

三日待ったが、帰ってこない。

「クロ、どうしたのかしら」

「おばさんがごはんをやらないから、家出したんだ」

「お兄ちゃん、さがしにいこ」

ゆう子のその声に重なり合うように、

「さがしておいで。子供は風の子だよ、家にいると手がかかって仕方がない。おまえたちもあの猫も」

と、うしろのほうからおばさんの声がした。

すぐに二人で家を出て、近くの空地につくられている林木置場から探しはじめた。

「クロ、クロ」

呼びながら、積み上げた材木のうしろを覗いてみる。それに応える猫の声はきこえてこない。

駅の近くの小公園のほうに行き、砂場の奥の茂みに向って、

「クロ、クロ」

と、声をそろえて呼んでみる。

そのあとで、ブランコにしばらく乗って遊んでから、大きな坂の上に行くつもりになって、交番の前を通った。

「お兄ちゃん、おまわりさんにたずねたら」

「おまわりさんて、こわいもの」

そのまま通り過ぎて、ドブに沿った歩道を坂の上まで歩いた。

坂の上に広い道があって、その端に幅の広いドブがある。このドブには水がなくて乾いている。大きな屋敷が並んでいて、その門の前には、ドブを跨いで石の橋がかかっている。

そのドブにもぐりこんで、這ってゆく。

石の橋の下にくると、橋の底を見上げて、

「クロ、クロ」

と、言ってみる。

百メートルほどドブの中を動いてゆき、地上に這い上った。

「クロ、いないのね」

ゆう子が言う。

「もっと遠くへ捨てたんだろ」

「え、捨てたの」

「いま、捨てた、って言ったっけ」

「言ったわ、だれが捨てたの」

「だれがって、そうするなら、おばさんだけど」

あたりが暗くなってから、家に戻ってくると、おばさんが怒った。

「いつまで、そとで遊んでいるのさ」

「だって、子供は風の子だもの」

「ごはんを食べなきゃ、片づかないんだよ」

「いま、食べるよ」

そう答えて、縁側の端に立つと、庭へ向ってオシッコをした。背中のほうに気を向けていたが、終っても庭にころがり落ちてはいなかった。

何日か過ぎたが、猫は帰ってこなかった。お父さんも帰ってこない。

「おばさん、お父さんはいつ帰ってくるの」

「もう帰ってくるだろ」

「ひと月たったら帰るって言ったけど」

「今日がそのひと月目だよ。ひと月分しかお金もらってないんだからね。お金もらえなくちゃ、働けないよ」

おばさんは、家を出て行こうとする。

「行っちゃうの」

「晩ごはんの買物だよ」

薄暗い居間に、長火鉢があって、その一方の端のところが横板でおおわれている。その横板の上に立ってみた。

春のおわりだが寒い日で、赤い炭の上に薄く灰がかぶせてあった。

「クロ、クロ」

そう言ってみる。ひどく腹が立ってきた。ズボンの前をあけ、眼の下の灰のひろがりに狙いをつけて、勢よくオシッコをした。

ジッ、と強い音がして、たくさんの灰が一斉に舞い上り、灰神楽で眼の前が見えなくなった。それがすこしずつ薄れてきたとき、その向うに人影が見えた。

「あ、お父さんだ」

そう声を出したとき、灰の幕が消えかかって、おばさんの四角くて大きな顔が、すぐ眼の前に迫ってきた。

赤い崖

モーターボートを操縦して走っていると、大きな崖が見えてきた。崖は地肌が剝き出しで、その下には小さな渚がある。

「あれは、島かな、それとも地つづきかな」

「どちらでもいいじゃないの。島だとすると、無人島みたいだわ。あそこへ着けて」

水着姿の女が、傍で言う。

「やはり岬のようだ。向う側へ回ってみよう」

大きく右へ舵をまわすと、左の肘のところに女の胸が強く押し当ってきた。肘の先が皮膚にめり込む。大きな乳房だ。

姿勢を立て直した女の息が、耳朶に当る。その息を吸い直して、女が言った。

「あの浜のところでいいじゃないの」

「急ぐなよ」

「急いでいるのは、あたしだけかしら」

腿の付根のところに、腕が伸びてきたとき、舟底が波であおられて、女の指の先が横腹に押し当った。その姿勢のまま、耳の穴に言葉を流しこんでくる。

「いま、なにを思い出しているか、わかっているわよ」

「……なんのことだろう」

指の先を横腹にめり込ませ、ぐりぐり動かして、女は言う。

「とぼけても駄目よ、あたしの過去のこと」

「ああ、その噂はすこしだけ聞いたよ。腹を刺して、その男が死んだんだってね。新聞に大きく出たそうだけど、知らないな。そんなに昔のことじゃない筈なのにね」

「ほら、やっぱり」

「忘れてたんだよ。催促するから、思い出したんだ。こんな形にならなきゃね」

と、女の手を握って横腹から離し、

「話題にすることもなかったわけだ」

「………」

「それにしても、出刃包丁を使うとは、荒っぽいな」

「手近にあっただけよ」

「そうか、手近にあったのか」

ボートが大きく岬をまわると、その裏側も同じような崖になっていた。ただ、崖の地肌が赤い色をしている。

「あら、赤い崖だわ」

嬉しそうに言うと、舵に手を持ち添えて、ボートを崖の方角に向けた。崖がみるみる大きくなってきて、烈しい勢で舟底が渚に喰い込んだ。

素早い身のこなしでボートから飛び降りると、女は波打際に立って水着を脱ぎはじめた。両肩の紐をはずすと充実した二つの乳房が露わになり、やや前跼《かが》みになると身を揉むようにして、水着から抜け出した。

はじめて見る裸身である。

先夜あるパーティで会ったその女が、こう言った。……誰もいない広い草原のまん中か、広い海のほとりの砂浜かで、セックスをしたい。思い切り大きな声で、悦びの声を上げてみたい。言葉はいらない、声だけで、いや声だけがいい。

「つき合うよ」

と、言った。

「悦ばす自信があるの」

「人並みにね。それに、そういうときには草原や海が悦ばしてくれるよ」

……夢のはなしをしているので、それも若いときのものである。なにしろ夢だからそう理路整然としているわけではないのだが、この渚で女とはじめてセックスするには、そういう経緯があったようだ。

女は小麦色の軀をしている。水着に隠されていた部分も同じ色だから、もともとの皮膚の色である。

仰向けになり、四肢を長く伸ばしたその軀を見て、

「人を殺した軀も、そうでないのも、見分けはつかないものだな」

そう考えていると、女は両腕を大きく差伸べてきた。その上に覆いかぶさり、ゆっくりと貫いた。確かな手応えがあった。

途方もない大声を、女は出した。断続して何度も出すが、咽喉にひっかからずに滑らかに出てゆく。

その耳もとで、ささやいた。

「大きな声って、そういうことなの。それなら、大学のワンダーフォーゲル部と同じじゃないか。低い山に登って、ヤッホー、ヤッホーとね」

「あら、言うわね」

女は両腕を突きあげて上の軀を押し除けると、立上った。そして、さっき水着を脱ぎ捨てたとまったく同じ恰好をした。肩の紐をはずし、身を揉むようにして、摩《ず》りおろしてゆく。身に着けているものはなにもないのに……。すくなくとも、なにも見えていない。それなのに、女は脱ぎ去ったものを、浜に投げる素振りをした。その一瞬、透明な膜の表面が、光の加減で虹の色に光ったようにおもえたが、結局なにも見えてはこない。しかし、女が透明な皮のようなものを一枚、脱ぎ捨てたような気がする。

もう一度、仰向けに軀をよこたえ、

「赤い崖だわ」

と、嬉しそうに言い、眼をつむった。そのあとの女の反応は、まるで違った。顔にほほえみが浮び、その表情がしだいに苦痛に変って、大きな眼は血走った二本の条《すじ》になり、さらにはうつけたように変化してゆく。声もいったん咽喉にひっかかってから、思い切り大きくしぼり出されてゆく。

姿勢を変えて、獣のように四ん這いになる。首を振上げるようにして、大きく叫んだとき、長い髪の毛が眼の前で放射線状にひろがった。

それらが、ひどくなまなましい。三十分くらいか、そのことが繰返しつづいた。

躯が離れると、しばらく女は浜に横たわっていたが、不意に精気をみなぎらせて立上り、海へ向った。見ごとなクロールで沖へと進み、くるりと振返ると片手を高く上げて、もう一度大きく叫んだ。その声も同じようになまなましく、海の水の粒子が一斉に女の躯を攻め立てているようにおもえた。

「戻ってこいよ」

と叫んだが、女は白い歯をみせて笑い、ふたたび沖へ泳ぎはじめる。

さっき、女が透明な皮を一枚脱ぎ捨て、放り投げた砂のあたりを、手で探っては持ち上げてみた。なんの手応えもなかったが、腕と浜のあいだに虹色の薄い膜が垂れ下ったようにおもえたときがあった。しかし、それも一瞬のことで、その膜は水に濡れたオブラートのようにあっけなく消え、そのとき眼が覚めた。

その日、同伴ホテルで、ある女に会った。

二年にわたるつき合いで、その女については隅々まで精《くわ》しく知っているつもりでいた。ベッドに仰向けになって、昂まってくると顔色がすこし蒼くなり、頬が削げたようにみえはじめる。そういうとき、大きな乳房を掴むようにして指先を喰いこませると、顔はいっそう蒼くなり、声が高くなる。その声の抑揚も、それが高くなって悲鳴に似てくるところも、十分心得ていた。

ホテルを出るころには、頬のあたりの皮膚に薄い紫紅色の爛《ただ》れがかすかに現れる。

「ふつう、こういうことをしても何の痕も残らないものだけど、きみの場合、分る人には分ってしまうな」

二つの掌で、女は自分の顔をはさみ、

「困るわ、わたしだけ。なぜかしら」

「体質だろうな。実際に困ったことがあるの、見咎められたことが」

「それは、ないけれど」

やがては消え去ってしまう、薄い爛れなのである。

女には、ほかに男がいる。いや、その男と女とのあいだに割り込んでしまっていて、男はそのことを知らない。その男との関係を、女は大事にしている。結婚してもいい間柄なのに、男のほうに打算が働いていて煮え切らないところがある。その隙間に、割り込んでしまった、というわけだ。

この二年間のつき合いの中で、何度か女があらたまった口調で言った。

「もう、今日で終りにしましょう」

半ばあきらめていると、女とその男とのあいだの隙間がひろがることが起るらしい。誘えば受け入れる気配が、女にただよいはじめる……。

その日のホテルの部屋で、また女が言った。

「今日で、ほんとうにもう終りよ。これが最後なのよ」

そのときは予想していなかったので、不意を打たれた。女はすこし蒼い顔になって、真剣な表情である。

「分った。終りなんだね」

本気でそう言いながら、女の上着のボタンを丁寧にはずしてゆき、大きな胸を露出させた。

ベッドの上での女の軀のわずかな動きに、いままでに覚えのないものがあった。これまで見せたことのない乱れ方につながる気配があった。たとえば、足首を伸ばしたまま足の指に力をこめる形しかみせなかった女が、両方の足首を深く反らし、いったんその形になってから、十本の足の指を深く内側に曲げてゆくように……。

女が示したのは、かすかな前兆だけだった。しかし、その表情も、低い声の出し方も、これまでに知らないものだった。女の軀の中で、機械の継ぎ目がしっかり嵌《はま》る音が聞えてくるようだ。戸惑いと期待と両方があったが、そのとき女はふっと薄く眼を開いた。

「あ、違うわ。いけないいんだわ」

そう言った。

その瞬間、すべての新しい気配が消え、頬の削げた顔になったいつもの女がそこにいた。

十分にふくらんで堅くなっている乳房に、いつものように指先を喰い込ませながら、

「裸だとおもっていたんだが……」

と心の中で呟いた。

軀を揺らしつづけている女の胸から横腹にかけて、一瞬、虹の色が見えた。

鏡の裏

傍に寝ている女が上半身を起し、ベッドから下りた。

三面鏡の前のストゥールに腰かけて、口紅を塗りはじめた。眼に張りをもたせ、口もとをすぼめがちに整え、薬指で唇の輪郭を慎重につくっている。

「女は、鏡に向うとみんな同じような顔になるね」

鏡の中で視線を合せたまま、女は黙っている。

「コンパクトの鏡に顔を映すときなどは、目蓋を開く前からもう表情がきまっているね」

鏡の中の女の眼に険《けん》ができたが、それは女自身には見えないものだ。

「女は一生、自分の本当の顔を知らないまま過す、と言いたいわけなの」

「そこまでは言っていないさ。でも、鏡の中で見る顔については、そういえるかな」

鏡の前から離れた女は、唐突に言った。

「あたし、如雨露を買ってきます」

「ジョウロ……、なにに使うんだ」

「花の鉢に水をやらなくちゃ」

「それは、水差しで間に合うだろう」

「でも、たくさんあるから」

そう言って、女は出て行った。

窓ガラス越しにベランダを覗くと、鉢がいっぱい並んで、花が咲きそろっている。赤、黄、ブルー、さまざまな色と形状の花弁が、ベランダを覆っている。緑と赤の花も見えている。

「みどり色の花って、あったかな」

眼を凝らすと、スプーンの先のような形の部厚い葉の先から、赤い花弁がはみ出していた。サボテンの一種らしい。

それにしても、ここはどこだろう。花の鉢だらけのベランダなど、覚えがない。

女が戻ってきた。笑いかけてきて、大きなジョウロを持ち上げてみせた。プラスチック製の赤いきれいな品物である。

「ブリキでつくったものを考えていたでしょう」

その言葉どおりの気持だった。女はベランダに出て、花の茎の根元にひとつひとつ水をそそいでいる。

ときどき向き直り、白い歯をみせて笑いかけてくる。

ふと、鏡を見た。花弁のかたちのようなものが、あちこちに散らばっているのが見えた。ベランダの光景が映っているのかとおもったのだが、すべて灰色である。鏡の角度もすこし違う。

やがて、女が部屋に入ってきたときには、鏡に映っていたものは消えていた。

「いまね、鏡に花がいくつか映っていたよ。だけど変なんだな。みんな灰色で、薄よごれていた」

女の顔が微妙に動いて、まだ片手に持ったままになっているジョウロの水を、鏡の上から降りそそいだ。部屋の隅に、俄雨が降った。

「おい、なにをするんだ」

自分の声で、眼が覚めた。

現実の空間には、ベランダもなく花の鉢もない。

起き上って、食堂に行ってみると、テーブルに向って女が腰かけていた。コーヒーカップが前にあって、粉砂糖を盛ったスプーンを高いところで傾けている。その砂糖は、赤、黄、ブルー、グリーン、そして白の色に光りながら、カップの中に落ちてゆく。

「おや、これはまだ夢なのかな」

「どうしたの」

「だって、砂糖って、白いものだろう」

「いろいろな色の粉砂糖を売っているのよ。それを混ぜ合せて、虹の色のようにしてみたのだけど」

「なにか、深い意味でもあるのか」

「いたずら、みたいなものよ。でも、コーヒーに入ると、みんな茶色になってしまうわ」

「当り前さ、七色のコーヒーなんて。ぼくにも一杯つくってくれないか」

カップをもう一つ置き、女はそこにコーヒーをそそぎ込みながら、

「夢がどうかしたの」

「いや、ベランダにある花の鉢に、きみがジョウロで水をやっていた夢でね。その花が、部屋の中の三面鏡に映っているのに、みんな灰色でね」

女はコーヒーをポットからそそぎ終ると、じっと顔を見て、

「そんな夢を見てしまったの」

「そんな夢って……」

「夢の中に女の鏡が出てきたことよ」

「その鏡に、きみがジョウロの水をかけはじめたんで、眼が覚めた」

今度は、女は穏やかな調子で、

「女の鏡って、熱くなるの。ときどき冷やさなくちゃ」

「そんなものかね」

「あなたが見た灰色のものは、鏡に映った花じゃないわ。鏡の裏に染みこんだものよ」

「なにが染みこむんだ」

「そうねえ、恨みとか、悲しみとか、妬みとか、いろんなものが」

「それに嘘とか」

「あら、女の嘘って、気軽なものよ。そんなものは染み込まないの」

すこし改まって、言ってみた。

「鏡の裏に溜ってゆくものは、どんなに幸福にみえる女でも、ほぼ同じ量だね」

「そうよ」

女は当り前の口調で言う。

「そのとおりよ、だけど、夢の中に女の鏡が出てしまったのは、問題だわね。それは、男の夢には出てこないものよ」

「なにが問題なんだ」

「その鏡、また出てくるわ。そして、いつかは爆発するわ」

鏡は熱をもち、裏側に溜ってゆくもののために、しだいに重たくなってゆく。耐え切れないほどの内圧をかかえこんでいるが、現実の鏡は破裂しない。しかし、夢に出た鏡は、いずれは大爆発を起す、と言う。

「爆発すると、どうなる」

「打上花火の玉が爆発したようになるわ。七色のこまかい破片が飛び散るわ」

「灰色の花弁のようなものしか、見えなかったぜ」

「いま、コーヒーに入れた砂糖だって、みんな茶色になってしまったでしょう」

「なるほど、それで」

「それで、って」

「爆発したら危いじゃないか。たとえ夢の中でも」

「そうね、事故が起ることもあるわ」

「心臓麻痺かね」

「朝、原因不明で死んでる男って、ときどきいるじゃないの」

「おい、悪い冗談だぜ」

テーブルの上の朝刊を開いて、気を散らそうとした。そのとき、甘い匂いが漂っているのにはじめて気づいた。香水の匂いに似てはいるが、違う。あたりを見まわすと、サイドボードの上の花瓶に、梔子《くちなし》の花が挿してある。

「くちなしとか沈丁花の匂いって、好きだな。回顧的になるし、すこし苛立つところもある」

「どちらも、木に咲く花ね」

と、女が言う。

「そういえば、木の花だね」

「あなたの匂いって好きよ。やはり木の花の匂いね」

女はテーブルから乗り出して、向い合っている軀の胸のあたりに顔を近づけ、

「それもね、何年に一度の割りで咲く花の余韻がつづいているような……。でも、このごろ、一年に二度くらいその花が咲いているみたいな匂いがするわ」

そう言うと、女は視線をじっと合せてくる。

「そんなことがあるものか」

平静に答えたが、いまの語尾は強すぎたかな、と悔んだ。

これだけ暗示を与えられれば……、また、自分で自分に暗示を与えていることでもあるし、鏡が夢に登場してこない筈がない。

その夢は、こうであった。

女が鏡に向って、ゆっくり化粧している。自分の気に入った表情をすこしも崩すことなく、鏡に向いつづけている。ときどき化粧する手を休めて、鏡の中の自分の顔に見入っている。眼に張りをもたせ、唇を小さく整えている。

そして、その表情からはみ出す沢山のものを、すべて鏡が引受けている。鏡に映る顔以外のもの、悲しみ、恨み、ときには殺意……、そういうものがすべて鏡に向って放射されてゆき、その裏側に這入りこんでゆく様子が鮮明に見えてくる。

鏡は熱を帯び、重たくなり、その裏側に溜ってゆくものの容積に耐えかねて、表面が膨れ上り罅《ひび》割《わ》れそうに軋む。

「あ、破裂する」

おもわず、声が出る。

三面鏡の三つの面が囲んでできている空間だけで、七色の細片が渦巻くように飛び散らないものか。安全な場所で、花火を見ているようにならないものか。

「そんな虫のいいことを考えて……」

もう女の姿は鏡の前にはなくて、別のところから声が聞えてきた。

鏡の表で、また軋る音がひびく。

「ジョウロを持ってきてくれ。その水を鏡の上からそそいでくれ」

以前の夢を思い出した。窓の外にはベランダなど見えないだろう、たくさんの花の鉢はありはしないだろう、とおもいながら、あたりを見まわす。

意外にも、ベランダも花の鉢も以前のままに存在していて、その中央に女が立ってジョウロで水を慎重にそそいでいる。

「おい」

と、声を出して、気づいた。

鉢の花の色はすべて灰色で、女の手にあるジョウロも灰色である。

すべての色彩が、鏡の裏に移行してしまっているようだ。鏡の表面がしだいに膨れ上ってきて、凸レンズのようになってきた。

笑う魚

歩道に立止って、広い通りに面した入口を指さし、

「ここです」

と、男が言った。

地下へ降りる階段が見えているが、黒い穴を覗き込んでいる気がする。

「こういうとき、食事しながらというのもおかしなものですが、ワインでも少し飲んだほうが話がやわらかく進みそうですからね。行きつけの気安い店のことだし」

「しかし、個室はないんでしょう」

黒い穴に入りたくない気持が、にわかに強くなった。

「小さい声で話せば、隣りのテーブルには聞えやしません。大きな声を出すようなことにならないようにすれば、いいんですよ」

不穏な言葉だが、凄んだ気配はない……。

「入りましょう」

男は先に立って、階段を降りはじめた。


「いい店でしょう」

隅のテーブルに向い合せに座ると、男が言った。

たしかに、手ごろな広さのフランス料理店で、室内装飾の趣味も悪くない。マスターらしい人物が近寄ってきて、挨拶した。

「しばらくですね」

「ちょっとゴタゴタしていてね」

そういうと、男はチラと視線を向けてくる。

「それはどうも。お食事の前に、なにか」

「ドライシェリーでも貰いましょうか」

「同じものを」

「かしこまりました」

マスターは去ってゆき、入れ替りに現れた黒い服のボーイが、メニューをそれぞれに手渡した。

眼鏡を内ポケットから取出すと、

「それは、老眼鏡ですか」

と、男は言う。

「当然でしょう」

「親子ほど齢が違うことになりますね」

「十歳ほどの違いだな、君は四十そこそこでしょう」

男の顔を見て言うと、

「姪のことですよ、今日はその話ですから……」

と、女の名をその言葉の尻に付け加えた。

女の叔父と称する男と、食事をしながら話をつける、という事態なのである。

メニューを開くと、ゆっくり眺める。居直った気持になっている。理不尽な目に遭っている気分も、強くなってきた。

「小海老とアボカドの前菜をもらいましょう。スープは冷たいコンソメで、舌びらめのムニエル。肉は……、鴨のロースに青胡椒入りのソースをかけたもの、サラダはマッシュルームがいいな」

すこし間を置いて、男が註文した。

「わたしもその鴨につき合いましょう。それにスープは熱いコンソメ。それだけで十分」

ボーイが去ってゆくと、男はすぐに言う。

「こういうときに、ずいぶん沢山食べるもんですな」

「腹が立つと、腹が空《す》くタチでね」

「腹が立っているのは、こちらですよ」

「すこし註文しすぎたかな、ここの勘定は持たせてもらいましょう」

「いや、金の負担はかけません。わたしはヤクザじゃない、あなたと同じ大学を出ています。もっとも、先輩後輩は抜きにして話をするつもりですが」

そう言いながら、男は上眼づかいに睨んでいる。その白眼の多い眼つきを見て、男は本ものの叔父だろう、とおもった。女のそういう眼つきとそっくりなのである。

金属の小さい皿のついた鎖を頸からぶらさげて、酒の係《ソムリエ》が近寄ってきた。

「ワインはどうしましょう。わたしはほんの一、二杯でいい」

「それでは、ボルドーの赤のほどほどのものを一本、サン・ジュリアンあたりのものでどうだろう」

「魚料理も註文したんでしょう。魚に赤とはいかがわしい」

「いまはもう、魚に白、ときめることはないんですよ」

「それは知ってますが、やはり、いかがわしい。それにしても、ワインにはなかなかくわしいようですな」

「くわしいところは見せなかったつもりですがね」

「そこのところがね。小説を書く上での勉強ですか」

「そういうわけではありませんがね、ちょっと事情があって、くわしくなってしまったんですよ」

　ドライシェリーをふくんで、男はゆっくり言った。

「姪のことも、やはり勉強のためですか」

「その件については、どうも理解してもらえないようですね。これはオトナ同士の問題でしょう」

「すこし、片方がオトナ過ぎやしませんか。三十近くも齢が離れている小娘を相手にして。それに、自殺未遂も絡んだとなると」

　男の声を聞きながら、テーブルに俯いて、アボカドと小海老の前菜を食べつづける。やはり、味が十分にはわからない。

「食べるばかりで、なにも言わないのですか」

「これはね、やはり五分と五分のはなしですよ。わたしが被害者とまでは言わないが」

「被害者ですって」

男の声がすこし大きくなって、

「何年か前に、大学の教授と女子学生の事件があったでしょう……」

六十過ぎの大学教授が、教え子の女子学生を強姦した、と女の親が訴えた事件があった。

「あのときも、教授のほうがそんなことを主張していたようですな」

「あれは教授の言い分が正しいですね。余程の暴力か薬品でも使わなくちゃ、一対一の強姦は成立しませんよ」

「でも、あの教授は刑務所に入りましたね」

「女子学生が、そのあとバレンタインデーに、教授にチョコレートを渡している」

「しかし、そのデータは採用されなかった」

ワインを飲んでみると、舌の上にまるく載った。

「まるで、わたしが強姦したとでも言いたいような話ですね。つまりは、どうしたいのですか」

「なにか、社会的制裁を加えたいわけですよ。しかしねえ、小説家というのはヤクザな職業で、少々のことでは制裁のかたちにならないところが困る」

「よくご存じですね」

「でも、刑務所に入るとなれば、やはり困るでしょう」

「つまり、強姦として訴えたいわけですか」

「そこまでするつもりはありませんがね。本人もそれは避けたいと言ってます」

「避けたい、という言い方はないだろう。やはり、わたしは被害者だな。あんな強引なことをされれば、男として受けて立たないわけにはいかない。わかるでしょう」

「わかりません。世間はわかってくれないものですよ」

スープがおわって、舌びらめのムニエルの皿が運ばれてきた。男は鴨のとき一緒に料理を運ぶように註文してあるので、その前にはワインのグラスしか置かれていない。

男は舌びらめを眺め、つづいて視線を向けてくる。白い皿の上の魚が、並んだ二つの目玉を上眼づかいにして、こちらを睨んだような気がした。

身を剝そうと、ナイフとフォークを構えたとき、魚が皿の上で身をゆるがして五センチほど横に動いた。

「あ」

小さい叫び声が出た。

「どうしました」

「いま、皿の上の魚が動いた」

「そんな馬鹿な。料理した魚が動くなんて」

「でも、ほら、皿の縁のほうに移動しているでしょう」

「いや、ちゃんと皿のまん中にいますよ」

そう言われて眺めたが、やはり平たい形の魚の背鰭が皿の縁からはみ出しそうになり、並んだ二つの目玉の白目を大きくして恨めしそうに凝っと見上げている。気のせいだろうか、とナイフの先で魚の腹のところを突いてみた瞬間、舌びらめが十センチほど跳ね上り、ふたたび皿の上に落ちた。バターの混った汁が、テーブルの上に飛び散った。

「や」

さっきより大きい声が出た。

「どうしました」

「見たでしょう。いま、魚が飛び上った」

「冗談ばかり、そんな突飛なことを言って、誤魔化してしまうつもりですか」

「ほら、テーブルの上に汁が散っているでしょう」

「これは、さっきのアボカドのときのものですよ。あまり、お行儀のいい食べ方じゃないものね」

周囲のテーブルの眼が、集まりはじめている。

首を傾げながら、またナイフとフォークを平たい魚に当てると、魚が素早く身を起して、左の親指に喰いついた。おもわず立上ると、その反動で椅子が床に仰向けに倒れ、つづいてワイングラスが床に落ち、砕ける音がひびいた。

椅子から立上る客もいた。

魚は左の親指に嚙みついたまま、ぶら下っている。

マスターが近づいてきて、

「どうしました」

「ほら、魚がここに」

「魚は皿の上ですよ」

「でも、ここに。魚が跳ねて、ここにこんな染みも」

左手を上げたまま、右手でワイシャツに飛び散った汁を指さすが、

「それはマナーのせいでしょう」

マスターは冷たく答え、

「おそれ入りますが、このお客さまに外へ出ていただけませんか」

と、男に向って言った。

店の中のすべての視線が、軀に突き刺さってくる。

階段を上りながら、男が言う。

「これが夢ならば、覚めてほしい、とおもっているでしょう」

「まったく」

そう答えた。

秩父へ

敗戦後の混乱は十年余りつづき、ようやくその時期が終りかかっている頃のことである。

ある日、女が言った。

「あたし、二、三日、田舎のほうへ行ってきます」

「郷里へ帰ってくるのか」

「いえ、東京を離れるという意味。すこし疲れたので、休んでくるの」

「田舎って、どこらあたり」

「秩父のほう」

みんな疲れていた時代なので、そのまま聞き流した。「おれも、すこし休めるといいな」とおもっただけだ。

数カ月経って、その女が何気ない口調で言った。

「この前、田舎のほうへ行ったことがあったでしょ、覚えていて」

「ああ」

「あのとき、搔爬《そうは》したの。心配をさせるといけないから、黙っていたけど」

「へえ、そういうことがあったのか」

と言って、女を見た。その顔はやさしくみえた。「気立てのいい女なんだな」とおもった。

「それで……」

言いかけて、やめた。

田舎のほうへ行くと言っておいて、この都市の病院で手術したのか、実際に秩父に知合いの病院があったのか、そのことを聞こうとしたのだが。それは結局、確かめないままになった。

その女とは、数年ののち別れた。とり立てて原因があったわけではなく、そういう時期がきていたのだ。

玄関のブザーが鳴るので出てみると、その女が佇んでいた。顔や軀のかたちに、ほとんど変化がない。

「あれから何年経ったのだろう」

　とおもっていると、女が言う。

「ドライブに行きましょう」

「突然言われても」

「こういうことは、突然がいいのよ」

　女の肩越しに、友人の顔が見えた。「いまは、あの男と一緒なのか。知らなかったな」

とおもっていると、女が手首を摑んで引張った。

「さ、行きましょう」

　男のうしろに、大きな自動車が見えている。その男は、親しいと言ってもよい友人なのだ。女の力に引張られたのは、そのためだろう。

　ドアを開けて、男が運転席に座った。

「あたしはうしろに乗ります、隣りへどうぞ。それがこういうときのエチケットらしいから」

　と、女が言う。

　男の隣りに座り、話しかけようとすると、見覚えのない横顔である。さっき正面から見た顔は、たしかに友人のものだったが、声をかければこちらを向くだろう、そのときどういう顔になっているのだろうか……。

口を開こうとしたとき、車は勢よくスタートして、背中に強くシートが当った。

「どこへ行く」

「秩父のほうへ」

男が答えたが、その声は友人のものとは違う。

「なんのために」

そうたずねたが、男は黙ったままである。

後部座席を振返り、女に向って、

「この男は、誰だ」

「あたしの夫よ」

「夫……、いつから」

「ずっと前から」

「以前、きみが秩父に行ったことがあったろう、そのころから」

「当然よ」

僅かな会話があっただけなのに、道路の鋪装が消えて、埃っぽくなり、間もなく車が停った。

外へ出ると、土手の路肩に近く、車が駐っていた。その下に河原があり、その向うに川が流れている。うしろには、低い山が重なり合うように幾つもあった。

「ここは、どこだろう」

「着いたのよ」

と、女が言う。

意外に人影が多く、土手から河原に張り出すように造られた桟敷風の店があった。

「咽喉が乾いたでしょう、ちょっとその店で休みましょう」

靴を脱いで、男は上ってゆく。畳敷の部屋に卓が置いてあり、男はあぐらをかいて、

「ビール、それから親子丼を」

と、註文する。

「あたしも同じもの」

「同じものを」

男は凝っと眼を向けてきて、

「妊娠したとき、女は誰の子かはっきり分るといいますねえ」

「そういいますね」

「信じますか」

「さあ」

女に眼を向けて、その顔を見たとき、頭の中で動くものがあった。

「そういうことだったのか。それを信じる男は馬鹿だ、ということだね」

「そう、複数の男とつき合っている場合はね」

女が答えた。

「いまは、秩父といえば水子地蔵で有名で、地蔵で覆われている山もある、と聞いている。平和みたいな世の中になると、そういうことがはじまる。それともきみは、昔から信心深かったのか」

そう言っているときに、ビールと親子丼が運ばれてきた。

「関係者が三人ここに集まって、昔の水子の供養をしようというわけか、あのとき……」

女が遮って、

「そういうことじゃないの。どちらが父親だったのかはっきりさせよう、とこの人が言い出したのよ」

「いまになって、いや、そのときだって分りゃしない。産んでおけばよかったのに」

「産んでどうするの」

「育てるのさ、大きくなれば、どちらかに似てくる」

「気にしているのは、この人なのよ」

「きみのほうは気にならないのか。孕《はら》むという実感は、所詮、男には持てないからね。それを堕してしまうときには……」

「さっぱりするわ」

「そういう言い方は、罪の気持の裏返しじゃないのかねえ」

「産んでもどうしようもないことって、あるでしょう。そういうときには、罪だなんて言ってはいられないものよ。さっぱりするのよ」

「それは男の言い方でね、蒔いた種のほうはそんなに気にならないものだ。その替り、どんなに自分に似てきたって、どこかに疑いは残っている。そこが、男にとっての泣きどころなのさ」

「とにかく、あたしはさっぱりしたのよ」

「きみ、そのころ、ほかにも男がいたんじゃないか」

不意に、男が立上って、促す眼をした。釣られて腰を上げ、三人一緒に河原に降りた。

水際まで行き、男は手ごろの石を一つ拾い、それを渡して寄越した。

「それを川へ向って力いっぱい投げなさい、力を抜いては駄目ですよ」

男の言うなりに、渾身の力を籠めて、石を投げた。その石は川のまん中あたりに、力なく落下した。

今度は、男が石を投げた。その石は驚くほど遠くへ飛んで行き、向う岸の河原に落ちて、堅い音がひびいた。

男はこちらを向いて、はじめて笑った。にやり、と笑ってこう言った。

「遠くまで飛んだからといって、わたしが父親というわけのものじゃない」

そこで、いったん目が覚めた。

『心を静めて、さまざまな色事をした自分の一生を思い返してみると、蓮の葉を頭に載せたように胞衣《えな》をかぶった胎児の面影が、腰から下は血に染まって、九十五、六ほども立並んでいる』

これは、「好色一代女」の末尾で、女主人公の晩年の感想の一部である。

出す声もあいまいに、

「おんぶ、おんぶ」

と、泣く。

「これが、噂に聞く水子の亡霊たちか」

凝っと眺めていると、

「酷い母さま」

その一人々々が、恨みごとを言う。

「かあさま、というからには、堕してしまって、この世に出てこれなかったこのあたしの子どもたちか」

と、悲しい気持になった。

「もしも、無事に育てておれば」

過ぎ去ったことが、さまざまに思い出されて懐しい……。

白衣を着た姿になっている。眼の前に、手術台に固定され大きく開いた女の性器がある。

見慣れた眺めだ。

もう一度、指先で子宮の入口を探って確かめてみる。プラスチック製品のような感触がつたわってくる。女は麻酔されている。

クローム鍍金《めっき》の鉗子《かんし》を、小さいほうから大きいものへつぎつぎと取り替えて、子宮の入口を押し広げてゆく。

簡単な手術だ。

……ゆっくりと手を洗ってから、意識のない女を病室に移し、自分の部屋に閉じこもる。

十分に使いこんだ尺八を取り出して、慎重に唇に当てる。呼吸をととのえて、吹きはじめる。それはもう、儀式のようになってしまっている。

嫋々《じょうじょう》とした音色が静かに流れる。いつまでもいつまでも吹いているうちに、その音色が耳に絡まって目が覚めた。

朝の光が、雨戸を透して、かすかに部屋を明るくしている。疲れて、蒲団に横たわっている。体温が失われていたように、蒲団にはぬくもりがない。

その冷たい寝床から、いつまでも出ようとしない。内側に陰気に籠ってゆく気分と、昂揚してなにか攻撃的な気分と、相反する二つの感情がへんな具合に絡まり合って、なかなかほどけようとしない。

影との距離

夢の中で、自分の姿が見えていることがある。子供になっていたり、青年になっていたりする。しかし、それは稀なことだ。

対象は見えていても、それに向い合うこちら側は、心の動きだけの場合がほとんどである。その心の在り方が、青年のようなときもある。しかし、その心と現在の自分とは、なんとなく二重映しになっている。

こういう夢を見た。

日暮どき、繁華街の裏通りを歩いているが、その自分の姿は見えてこない。裏通りといっても、車が徐行して走れるくらいの道幅である。

散歩の足取りで歩いていると、視線を頬のあたりに感じた。「視線には圧力がある」とおもえるときが、ときどきある。振向くと、小柄な女が小さいビルの前に佇んでこちらを見ている。

二十歳くらいにみえるが、大人の色気と、幼児の乳のにおいとが混り合った女である。細身の軀とその上の細おもての顔と、その二つとも輪郭が曖昧で、薔薇色の靄《もや》のようだ。しかし、周囲に滲みこんで拡散してしまうことはなく、強い存在感で迫ってきた。おもわず、足が止まった。その女までの空間が、雑踏のなかに不意にできた真空のようにおもえた。それは、生れてはじめての体験である。誘っている眼の色ではない。女の唇がすこし開いて、すぐ閉じられた。

「あなたは誰」

と、問いかけているようにみえる。

いや、「きみは何者なのだ」と問いかける自分の気持の裏返しだろう。誘えば蹤《つ》いてくるだろうか……。しかし、仮にそうなって、どうなるというのだ。こんなに慌しいのに、新しい女のための時間は、どこを探しても出てきはしない。

一、二秒のあいだに、そう自問自答して、

「やめた、やめた」

と呟いて、歩き出そうとした。

そのとき、気付いたことがある。一つは、その女のすぐ傍に、かなり年上の女がいる、ということ。晴れた日で、雨やどりではないのだから、そのビルから二人で出てきたところだったのだろうか。

もう一つは……。

繁華街の夕暮、人間の影というのは、どういう具合になっているのか、ふと思い出しそこなう。

子供のころ、「影踏み」という遊びがあった。道路はすでに鋪装されていたが、夕日でできる影は濃く長く、鬼になった子供が、ほかの子の影法師を踏もうとする。踏まれた子は、今度は鬼になるキマリだ。踏もうとし、踏まれまいとして、子供たちは走りまわる。

今の時代、スモッグの空の向うにある夕日の光は淡くて、繁華街の影法師はむしろ人工の光源の数だけできている。そして、光源は無数といってもよいくらいなのである。

街を歩く人々は、一人で幾つもの影を持つが、それらは四方八方に淡く拡がり、結局は印象稀薄になってしまう。人々は、影のことまでは、気にかけなくなっている。「影法師」は、すでに過去のものかもしれない。

それなのに、自分の影は一つだけに色濃く凝縮して、その女へ向って伸びている。黒くて細長い人型を、道路の上に置いたようである。

歩き出そうとすると、その影との間に距離ができた。影だけ路面に貼りついて、動こうとしない。

「おい」

おもわず、影に向って小さく声をかけたが、犬を連れて歩いていたわけではないのだ。もう一歩、慎重に踏み出してみたが、影はそのまま動かない。話しかけられたのか、女は連れのほうへ顔を向けていて、影のことには気付いていない。いそいで、その場を離れた。影法師が気になり、女には未練が残って、また立止まって振向いてみた。しかし、駐車してある車の陰になって、もうその姿は見えない。影も貼りついたままらしく、蹤いてきてはいない。

日が落ちてきて、街のたくさんの灯火はその光度を増した。

向うから歩いてきた男が、不意に立竦むようになって、こちらを指さした。指を伸したままにして近寄ってくると、その態度とはうらはらに、ひどく小さい声でささやいた。

「どうしたのです、あなた、影がありませんよ」

「…………」

「狼男とか吸血鬼とか、洋モノの怪物には、影はありましたっけ」

顔が異様なほど大きく、黒縁の眼鏡をかけている。その男は横腹が擦れ合うほど近くを通り過ぎて、そのまま歩み去ってゆく。

落着かなくなった。近くに開いている地下鉄の穴へ、逃げこむように入ってゆく。早足で階段を降り、向う側の穴から地上に出ると、目の前にタクシーが停っている。自動ドアが開いたので、釣られて乗ってしまい行先を言うと、車はすぐに走り出した。目的地は自宅である。

タクシーの座席に深く腰かけていると、影のことは気にならない。影がなくても不都合ではない空間に閉じこめられて、動いてゆく。

しばらくして、家の前に車は停った。運転手は前を向いたままなのに、自動ドアが開く。その日常的なことがふと奇妙におもわれたとき、料金を受け取った運転手が振向いて、小さい声で言った。

「あなたの家は、ここでしたか」

その運転手の顔は、異様なほど大きく、黒縁の眼鏡をかけていた。

車はそのまま走り去ってゆく。

玄関のブザーを押す。内側からドアが開く。手伝いの女性は、いつもと同じ眼で、影がなくなったことに気付いているとはおもえない。

「風邪をひいたらしい。ベッドに潜ってしまうから、誰がきても会わない」

「わかりました、お粥でもつくりましょうか」

「もう寝てしまうから、水だけあればいい。水のポットは部屋にあるね」

「はい」

「顔のやたらに大きい男がきたら、留守だといってくれ。その男は、眼鏡をかけている」

「そんなお知合いがありましたか。どなたのことでしょう、お名前は」

「名前は知らない。しかし、見ればすぐわかるよ。人間とはおもえないくらい、顔の大きいやつだ」

「人間とおもえないくらいですか」

そう問い返され、自分で言ったその言葉に躓《つまず》いて、慌てて寝室に閉じこもった。

ベッドに平べったく仰向けに寝て、掛蒲団を顎のところまで引上げた。これで、もう心配はない。平たいものに上から光を当てれば、影ができなくても当り前のことだ。枕もとの台の上にある電気スタンドの笠をかたむけて、顔に光を当ててみる。そのままの姿勢で、頭を左と右にまわして、自分の状態をたしかめる。

「完璧だ」

と呟いたが、疑いが起った。影がどこかへ行ってしまった……、そんなことは一時の気の迷いではあるまいか。

ベッドから出て、床に立つ。スタンドの笠をかたむけ、自分を照し出す。振向いて、床の上を見た。

しかし、そこには影はなかった。

急いで、またベッドに潜りこむ。できるだけ平べったくなり、また掛蒲団を額のところまで引上げた。

しばらく眠ったらしい、まるで失神していたように。スタンドは点ったままだが、雨戸が締っているので、時刻がわからない。

ドアをノックする音がひびいた。

「——さんか」

おもわず身構えて、手伝いの女性の名を呼んでみたが、返事がない。

またノックの音がする。黙ったままドアのほうを見詰めていると、下の隙間から黒くて薄い板のようなものが、滑りこんできた。

それは、人型をしている。

どうやら、影法師が帰ってきたようだ。それにしても、ずいぶん小さくなっているように見える。

「これは、おれの影なのかなあ」

おもわず声が出た。すると、影法師が返事をした。

「そうですよ。明日になれば、元通りの大きさになるでしょう」

「どうしたんだ」

「だって、あの女の影の上にぴったり重なっていないと、誤魔化せないでしょう。あの女の影はずいぶん小さいので、こっちも縮まってしまったわけです」

「それはもっともだな」

　もう一度、眼を向けると、その輪郭がギザギザしているようだ。

「おれの眼のせいかな。まわりがギザギザしているぜ」

「そこですよ、すこし毀れました。あの女には複雑な事情があるようでしてね」

「なにか被害があったのかい、君に」

「いえ、わたしは影ですから、どうということはありません。でも、やはり心労でね」

「そうか……」

「しかし、いい女ですよ、性質も。あんな女、めったにいやしません」

　そこで目が覚めた。

　朝の光が、雨戸の隙間から流れこんでいた。ベッドに横たわったまま、思い出している。

幼女のような、そのくせ妖しく艶めかしく、なにか危険で……、そう、雪女のように。あの女にはいつかもう一度会うことになるかもしれない、それも深刻な形で、と考えた。

しかし、それは夢の中にいた女で、実在の女ではないことに、不意に気付いた。

謎

部屋の中が薄赤くなってきたので、立上って窓に寄ると、空は大きな夕焼であった。なぜかわからないのだが、子供のころから夕焼空を見ると、身が竦んで慄《ふる》えが走る。

その日の夕焼は、特別に大きく赤かったので、

「悲しくなるな」

と、おもわず独り言をいうと、

「そうだろう、当分、外へ出られないものな」

耳もとで男の声が、そう言った。

見知らぬ男だし、その言葉の意味もわからない。

「さっきから、ずっと立っている」

と、男が言う。

二階の窓から眺めている男の視線が、斜め下へ向いているのに気付いた。

「ほら、あの豹の毛皮のコートを着た女だ」

たしかに、そういう服装の女が、門の傍に立っているが、見知らぬ女であるし、馴々しく話しかけてくる男もはじめて見る顔である。

「あんな女、見たことがないよ。知らない女が門のところに立っていたって、外へ出るのにべつに不都合はないだろう」

「気楽なことを言って……。あの女を知らないからだ」

「君は知っているのか」

「知っているさ、なにしろ有名だからな。もっとも、直接こうやって見るのは、はじめてだがね」

「はじめてで、どうしてその女とわかるんだ。豹の毛皮を着た女なんて、いくらもいるぜ」

「あの女が手に持っている瓶が見えるだろ、頭の赤い小さな瓶」

小さな瓶を、女は両手で支えて、胸の前に持っている。赤い部分は蓋のようで、こういう瓶はしばしば見かける気がする。

「あの瓶が、どうした」

「あれが恐しい」

「べつに、そうは見えないがね」

「あの女があの瓶を持っているからには、傍を通れない」

「通ると、どうなる」

「あの赤い蓋をはずして、瓶の中の白くてピカピカ光る粉を、上から振りかけられる。次の瞬間には、まわりは真っ暗さ」

「へんな話だね、なんていう粉なんだい」

「グルタミン酸ソーダ」

「それは、味の素のことじゃないか」

「そうだよ、あの女はすぐにそれを振りかけるんだ。鮨屋のおやじの敵だね」

「鮨屋へ行って、醤油の中に入れるわけか」

「それなら、まだマシだがね。いきなりにぎり鮨の上にじかに振りかけるのさ」

「それ、厭がらせなのか」

「いや、錬金術に使う粉のようなものと、信じこんでいるわけ。悪気はないんだ」

見馴れた瓶と感じた筈だ、とばかばかしくなって、

「そんなもの、振りかけられたって、どうということはないだろう」

と言うと、男の詰《なじ》るような声が聞えてきた。

「いったい君は、自分が何のつもりでいるのだ」

「何のつもりだ、といわれても」

「君はにぎり鮨なんだぞ」

突飛な冗談を言う男だな、と呆れて、

「へえ、おれはにぎりか。トロかな、鳥貝かな」

「玉子焼のにぎりさ」

具体的なことを言うので、横を見ると、その男は茶巾《ちゃきん》鮨になっている。

「おい、そういう君も、玉子の鮨になっているぞ。もっとも、茶巾鮨だから、一口でぱくりというわけにはいかないが」

「え」

驚いた声を出して、その茶巾鮨は慄えるように左右に揺れはじめた。

「だけど、君はさっきまで、たしかに人間だったぞ」

「そうだろう、その筈だ」

そう言いながら茶巾鮨の揺れはますます烈しくなり、床《ゆか》からすこし飛び上ったりしているうちに、もとの人間に戻った。

「いま、人間のかたちになったぞ」

「驚いたなあ。あの女を見たとたんに、自己暗示にかかってしまったんだな。そのくらいおそろしい女だよ」

「それで、おれは、まだ玉子の鮨かい」

「いや、君も人間になっている。安心していい、いや、安心はできないな、なにしろあの女が門のところに立ったのだから」

「それにしても、謎だなあ」

「なにが」

「なんの関係もない女が、なぜ門のところに立つんだろう」

「謎なんか、すこしもない。あの女に取憑かれたんだよ」

「でも、なぜこのオレに」

「気まぐれなのさ」

「そのために、外出できないなんて、理不尽じゃないか」

「運が悪いのさ」

気軽な口調で言われて、腹が立ってきた。

「これから外出する」

「よせよ、なんのために」

「門から外へ出るためにだよ」

「よせよせ、危険すぎる」

「男の意地というものだ」

「意地とはねえ、今どき、はやらないことを言い出したな。しかし、そこまで思い詰めたなら協力しよう。君、自動車になれ」

「突然、自動車になれ、と言われても」

「さっき、にぎり鮨になっていたじゃないか、自動車になるくらい……。おれが運転して、ここから出てゆくという作戦だ」

そこで、自動車になった。

男が運転席に座って、玄関から出てゆくと、門の傍で女が手を上げた。

ブレーキをかけながら、男が声をひそめて言う。

「バカ、なんでタクシーなんかになったんだ。ロールスロイスやベンツなんかになれとはいわないが、自家用車になっておけよ。この貧乏性め」

「停らずに、行ってしまえ」

「駄目だ、乗車拒否はしない主義でね」

自動ドアを開くと、女が乗りこんできて、シートの隅に身を寄せ、黙っている。

「どちらまで」

「椿円橋を渡って、三角公園のそばまで」

また沈黙がつづいて、女が独り言のように言った。

「疲れたわ」

さっそく、男が話しかける。

「どうしたんですか」

「長いあいだ、立っていたもので。脚も腕もすっかり痛くなってしまったわ」

「腕……、腕は痛くはならないでしょう」

男と女のやりとりが聞えてくる。

「案外、重いものなのよ」

「そうかな。指先でだって、つまめるくらいですよ」

「指先ではムリよ、それに柔らかいものって、抱きにくいのよ」

へんな会話だな……、と聞耳を立てて、四つの車輪で走ってゆく。

「柔らかいかなあ。ガラスの瓶て、硬いものでしょう」

「ガラスの瓶……。運転手さん、どうかしたの、あたしの抱いているのは赤ん坊よ」

「え」

自動車になっている身としても、「え」とおもったとき、女の声が聞えた。

「あら、もう菱形通りを抜けたのね。運転手さん、やっぱり元の場所へ戻ってもらうわ」

「戻るんですか」

男のその声が、弾んでいるように聞える。「あいつ、人の不幸を喜んでやがる」とおもい、「それにしても、女の手にあったのは、どう見てもガラスの小瓶だったがなあ」ともおもった。

「もうすぐなのに、戻るんですか。どうしてです」

男の念を押す声が聞えてくる。

「だって、口惜しいから」

「口惜しい……」

男と車とが、同時につぶやいた。

……気が付くと、二階の窓から、外を眺めている。さっきと同じに、空いっぱいの夕焼である。

門のところを見る。

豹の毛皮を着た女が、赤い蓋の小瓶を胸のところに捧げるように持って、立っている。

「やっぱり、ガラス瓶じゃないか」

不意に、耳もとで声がした。

「あの女、なんでしょう。朝からああやって、じっと立っているのよ」

「そうなんだ、困ったもんだよな」

「困ってるの」

「困っているし、困ったもんでもあるんだな」

「なぜ、家の前にいるのかしら」

「取憑いたんだそうだ」

「取憑いた……。なにか身に覚えがあるの」

「いや、気まぐれらしい。ただ、あのガラス瓶の中身がおそろしい」

「ガラス瓶ですって、どこにそんなものがあるの」

「あの女が持っているじゃないか」

「持っている……、あれは赤ん坊よ」

「やっぱり、赤ん坊か」

「やっぱりですって。身に覚えがあるのね」

そう言われると、ガラス瓶のかたちが赤ん坊に変化しはじめた。

身に覚えがあるような気に、しだいになってきたし、その女にも見覚えがある気分が起きてきた。

それにしても、この自分がにぎり鮨になったり、自動車になってみたり、そんな非現実のことが……。

夢だろう、と気付き、夢ならば醒めればいい、と思う。

目覚めるためには、声を出してみるか手足を動かすかすれば、それがキッカケになる。

しかし、口は蓋で閉ざされているようだし、手足は金縛りにあったように動かすことができない。

夢の皮が厚くかぶさり、夢の膜の中で、身もだえをつづけている。

夢の車輪

カマスの干物を二枚、弓田さんがくれた。弓田さんのくれる干物はいつも上等で、今時めったに手に入らない。焼いた身を箸で毟《むし》って、口に入れると、

「うまい」

と、おもわず言葉が出る。

ただし、貰ったその日に食べないといけない。翌日になると、もう醬油をかけて誤魔化す鮮度になってしまう。

家に帰ると、さっそくカマスを一枚、自分で焼いてひとりで食卓に向った。新鮮な干物を焼いたときの旨そうな匂いを嗅ぎながら箸を取り上げようとすると、部屋の入口から大きな車輪が一つ、ゆっくり回転しながら入ってきた。半透明の白い車輪で、水車ほどの大きさにおもえ、入口を通り抜けられたのが不思議なくらいである。

じつに緩やかな回転速度で、畳のこまかい目を押し潰すような重量感を伴いながら、こちらへ近づいてくる。食卓の毀れる音がし、車輪が眼の前の魚を轢いて通り過ぎてゆく。あとには、畳のひろがりが残っているだけで、食卓も箸も干物も消えてしまった。

「これは、夢だろう」

半分だけ醒めた頭でそうおもったとき、

「では、スロービデオでもう一度」

という無機質な声が聞えてきて、今の情景をゆっくり再現しはじめた。

車輪はプラスチック製のようだが、肉質の柔らかさも備えていて、じわりと押し潰した食卓の破片や焼魚の骨や身をその内側に捲き込むように吸い上げてしまう様子が、はっきりと見えてくる。

スロービデオ風の情景を見終ると、ほぼ百パーセント目覚めた。手近の紙片に、書きつけてみる。

『夢の車輪が現実を踏み潰すと、その現実はなくなってしまう』

一種の悲しみとともに、その文字を並べた。しかし、「その現実はなくなってしまう」と書いたが、なくなるのは「夢の中の現実」である。もっとも、夢の中にご馳走が出てくれば、それを口に入れ、微妙なところまで味わうことができてきた。そうとなれば、夢の中の食物と、どこに違いがあるのだろう。しいて違いを考えれば、胃と腸に入った「夢の中の食物」は、数時間経っても糞尿に変化することがない点であろうか。

半透明の白い車輪は、まだ眼の前で回っている。さっきの車輪は夢の中に出現したものだが、いまは夢の破片をたくさん嚥《の》みこんで膨れ上った一つの車輪として、ゆっくりと回転している。

午後三時までに、仕事のための約束の場所に行き着かなくてはならない。

その目的地の近くに、一時間も前に着いてしまった。時間をつぶす必要がある。街角にパチンコ店があったので、入ることにした。

パチンコ台とはもう長い間つき合っているので、玉がたくさん出るのは日常的なことである。もっとも、プロと呼べる腕前ではないので、たくさん出過ぎると興奮するが。

しかし、いまは時間つぶしである。玉が出過ぎてもかえって困る。最も都合の悪いのは、中途半端に玉の出ることである。三百個程度の玉を景品に替えるのはセミプロとしてのプライドが許さないし、他人に進呈するわけにもいかない。玉を置去りにしてしまうと、しばらくはその台がふさがったままになるので、エチケットに反する。

そこで、777のタイプの台を選んだ。7の数字が三つスロットマシン風に揃うと、大量の玉が出てくる機械だが、これは運が大半で腕前にはさほど関係ない。

投げやりな気分で電動式のダイヤルをまわし、玉が弾き出されてゆくのを眺めている。ときどき眼の前の数字が回転しはじめるが、３０８とか６７３とかいう形にしか並ばない。それでも、一進一退で玉はなくならない。腕時計を眺めると、四十分経っているので、そろそろダイヤルを元に戻すつもりのとき、７７７と数字が揃ってしまった。

こうなると、間もなく玉が上下の受皿にいっぱいになるので、機械上部に在るボタンを押した。そうすれば、店員が大きな箱を持ってやってくる。

幸運をよろこんで、色めき立つ気分があった。と同時に、これから玉がたくさん出る時間、それを景品に交換する時間を考えると、約束の時刻が気にかかる。

もう一度、腕時計を見たとき、店の奥のほうから店員ではなくて、半透明の大きな車輪が現れた。

「夢だったのか」

とおもっているうちに、車輪は足もとをゆっくり通り過ぎ、受皿の金属の玉をすべて嚥みこんでしまった。

「約束などなかったんだな」

そうおもって、あたりを見まわすと、そこは自分の寝室ではない。パチンコ台のガラスに額を押し当てて、うたた寝のかたちになっている。

急いで、店の外へ出た。昼の光が眩しい。

店の前の横断歩道を渡っていると、赤い革手袋の片方が落ちていた。真新しいので、おもわず拾い上げてしまい、あとで交番に届けるつもりで一層急ぎ足になったとき、摑んでいる手袋が嵩ばっているのに気づいた。

視線を向けると、中身が入っている。引き出してみると、手首が現れた。しかし、それはゴムでつくった白っぽいもので、切口もつるつるしている。

悪戯《いたずら》玩具かもしれない。

そうおもったとき、ぐにゃりとした感触が掌につたわって、生《なま》の手首になった。切断面がじわじわ赤く湿ってきた。

人通りは多いのだが、多過ぎはしないので、どさくさに紛れて捨てるわけにはいかない。まったく無関係なものなのに、拾ったからには捨てることができない。

手首を摑んでいる片腕を、オーバーの袖の中で縮めてみた。すこし色が白いが、自分の手首のようにみえてきた。

しめた。

このまま、人通りのない路地に入ってゴミ箱の中にでも捨ててしまえばいい……。

急ぎ足になり過ぎると、注目される。普通の足取りに戻して、歩いてゆくと、

「あ」

という叫び声が聞えてきた。

一人の男が歩道に棒立ちになって、人差指を真直に伸ばしている。その指は、オーバーの片袖の先を指し示している。眼を向けると、手首の薬指の爪のあいだから、血が点々と路上に溢《こぼ》れ落ちている。

その男は走り寄ってきて、言う。

「どうしました、怪我してますよ」

指先から血がしたたっているように見えているわけだ、と気付く。

「いえ、ご心配なく。さっきトゲを刺してしまって。血が止まったつもりだったのに」

そう答えたとき、指先からの血の流れがすこし多くなった。

「あ、痛いでしょう」

「べつに、痛くはありません」

それは事実だ。血が出ているのは、自分の指ではない。

「１１９番に電話しましょうか」

「いえ、おかまいなく」

そう答えたとき、五本の指先から鮮血が一斉に飛び散った。

「あ、１１０番のほうですね」

そう言われ、咄嗟《とっさ》に走り出して、手近の路地に逃げこんだ。なぜか男は追ってはこず、路地は人影がなくて静かだ。

落着きがやや戻ってきて、

「今日の約束には、間に合わないな」

と、あきらめる気分で呟き、手で摑んでいる手首を見た。

その手首の血は止まり、ひどく小さく縮んで、掌の中に握り込めるほどになっている。その小さい手首が、掌の上でしだいに粘液を出しながら崩れはじめてゆく。ゆっくりと形をなくし、黄緑色のねばねばした塊に変化して、腐爛してゆく気配が濃厚である。捨てようとするが、その塊は掌の皮膚に貼付いて離れない。

掌を強く振って離そうとするが、その動作によって粘液はかえって指の間に滲み込み、手の甲のほうまでまわってゆく。

その粘液には刺戟臭があって、腐蝕されてゆくような痛みが皮膚に走る。軀の中にまで入りこんでくる危険な感じが強い。

指の先が溶けはじめてきた。

「赤い手袋の片方を、拾っただけなのに」

その言葉を呟き、助けを求めるように、あたりを見まわした。さっきの男が、１１０番か１１９番に電話したことを、むしろ願う気持になっている。

そのとき、路地の入口に半月形のものが姿を見せ、しだいにその全貌をあらわして円形になった。

「車輪がきてくれた」

よろこびの声で、叫ぶ。

その車輪はゆっくり回りながら、軀を掠《かす》めて動いてゆく。その半透明の車輪は、さまざまなものをすべて嚥みこんで、一瞬虹の七色に光った。

手首の裏表だけは相変らず濡れたままで、路地に佇んでいるが、危険な感じは薄れてゆく。眼の前では、ゆっくりと車輪が回っている。

一つの夢から醒めたとき、まだその外側に夢があったわけだ。

はっきりと目覚めたときには、寝床の中にいた。冷たい汗で蒲団が濡れていた。

眼の前では、夢の車輪の残像がまだ回っている。

「この車輪が回っているからには」

と、安堵とともに呟いた。

「このまま、日常生活の中に戻れるな。いつもと同じに生きていってもいいのだな」

しかし、車輪が消えたころには、いまの恐怖が薄らいで、「またいつもの暮しに戻るのか」という気になってくる。

掌篇小説について

『百の唇――吉行淳之介掌篇小説選』あとがき

三十年のあいだ小説を書いてきて、掌篇小説と呼べる作品が五十篇くらいはある。このごろ短篇と銘打っている作品は、百枚くらいの長さになってしまっていて、それも冗長なものが多い。

私の考えでは、短篇は二十枚から長くてもせいぜい五十枚までである。掌篇となると、四、五枚から十枚くらいまでで、その五十篇のうちから、二枚から十枚までのものを選んで、製作年代順に並べてみた。*

掌篇の手法として、私はオチのあるつくり方を好まない。といって、べつに裏の意味を付与しているわけではない。抽象画のようなものをとくに書いているつもりもない。感受性を全開にして読んでもらえば、おのずから分る人には分る筈である。頭の中ではいささか曖昧でも、読者の生理が反応すれば、それでよい作品もある。しかし、この種の作品は、作者と読者との呼吸が合わなくては、さっぱり分らなくなるものである。さらにいえば、読む側にも能力が必要なのである。

これらの作品はすでに過去に出版されたものに含まれている。『鞄の中身』、『菓子祭』と重複する作品がとくに多い。その点を、あらためてお断りしておく。「掌篇小説選」と、サブタイトルを付けた所以である。「百メートルの樹木」だけ、二十枚の作品だが、わざと一篇だけ少し長目のものを入れてみた。

（一九八二年十月、講談社）

＊実際には収録作全二十三篇（「百メートルの樹木」を除く）中、十枚を超えるものが三篇含まれる。『百の唇』収録作については初出／底本一覧を参照。

「掌篇小説」五十篇

昭和四十六年一月号に、掌篇三篇を集めた「紺色の実」（群像）、「楽隊の音」（文学界）を書いた。いずれも四、五枚の掌篇で、自分でも気に入ったし、評判も良かった。

私の人生は病気つづきで、その晴れ間に仕事をしてきたが、その割に分量が多い。主として複雑になっている人生の状態を、人手を借りずに乗り切るためには、お金が必要だからである。「週刊朝日」の連載小説を書いていたときに、その一回分を書き終えたまま横に倒れ、しばらく動けなかったこともある。つまり、なかなか頑張ったわけだ。

しかし、昭和四十二年に強度の鬱病で一年半苦しんだりもしていた。昭和四十四年と四十五年に、私としては長いものを書き、余勢を駆って掌篇を書いたわけだ。小説は短かくても難しいが、短かいほうが早く片がつく。ひとつ、これから掌篇小説を五十篇書いてみることにしよう、と決心した。

ところが、昭和四十七年にたちまち病臥してしまい、一年間の生産枚数三十枚で、それも前から約束していた解説の類を書いただけである。この時の病気は強度のアトピー性疾患である。そして、直りかけてきたとき、突拍子もない夢を毎日のように見るようになった。もともと昔から夢とはつき合いが深く、夢か現《うつつ》か不分明なところで生きていることが多いので、今さら驚くことではない。ただし、この時期の夢にはユーモラスでかなりグロテスクなものが多かったので、シメタとおもえる材料が集まった。

　そのうち、昭和五十三年くらいから、白内障で片目が見えないまま、六年を過した。その時期に、「文藝春秋」に依頼されて、一年間十二号にわたって、毎月十枚の小説を書き、好きな画家の絵をカラー印刷にして載せることになった。私はパウル・クレーを偏愛していて、その内的リアリズムという絵画論もたまたま私の小説についての考えと一致していた。クレーを選ぶことに、ためらいはなかった。連載中は「パウル・クレーと十二の幻想」というサブタイトルが付いていたが、クレーの絵からヒントを得たことはなかった。逆に、私のアイディアに当て嵌りそうな絵を探してきたので、このサブタイトルは取り去って、「夢の車輪」だけで十分に独り立ちできる。これを書いたのが昭和五十七年から八年にかけてで、もう十年も前のことだ。

　この中の「光の帯」については、報告したくなる話がある。大先達の哲学者谷川徹三氏が、なにかの拍子にこの作品を読まれて、なにかの機会に私をつかまえて、

「君、あれは凄い。素晴しい。ぼくは吃驚した」

と、絶讃された。

次にまたパーティ席上だったか、谷川さんが颯爽と大股で寄ってこられて、

「君のあの作品を読んだので、慌てて前の号を探して読んでみたが、それほどではありませんでした」

そう言われたのを、懐しく思い出す。

昭和六十一年から、各種難病が発病し、入退院を繰返し、われひとともに「もう駄目だろう」とおもった筈だ。ところが、七年ぶりにこの二週間ほど元気になった。べつに特別の薬を使ったわけではなく、躁的状態でもない。束の間の梅雨の晴れ間のようなものかもしれないが、丁度そういうときこの文庫本をまとめる話が起った。幸運だった。

さて、「掌篇五十篇」についてだが、この七年間には一篇も書いていない。三十枚ほどのものは少しは書いたが、その枚数では掌篇とは呼べまい。それにしても、五十篇と決心したときから数えてみれば、その目標は達成できているだろう。〔後略〕

（著者から読者へ『菓子祭・夢の車輪』一九九三年十一月、講談社文芸文庫）

解説

荒川洋治

控えめな、静かな場所で、新しい文学の扉が開けられていた。

本書『吉行淳之介掌篇全集』には、吉行淳之介（一九二四―一九九四）が書きついだ、掌篇と呼ばれる短い作品、五〇篇が収録されている。各篇は、四〇〇字詰の原稿用紙で五枚から一〇枚前後のものが多い。著者の初期の名作「童謡」、後期の「葛飾」などに代表される短篇小説と比べて、掌篇小説は十分な長さをもたない。手狭なので、始まったら、まもなく終わりが迫る、という感じになるのだ。あ、意味が出てきた、内容が現れたと思っても、その意味や内容を、のどかに見つめているわけにはいかないのだ。秒針のように進む、精妙な文章で、視界は刻々と変化していく。それが吉行淳之介の掌篇なのだと思う。

以下、読後の感想を、ほぼ発表順に記しておきたい。

「紺色の実」（一九七一年）。三〇歳を過ぎた女性。夫には知られずに、ある男と秘密の関係をもったことがある。茄子の花の根元がふくらみ、実になるようすを見て、「なまじ花が咲かなければよかったのに」と、呟く。情念がこもる一節だ。実をむしりとり、穴に埋める。茄子の実るようすが、目の前に差し出されるような現実感があり、こちらはそれだけで十分にみちたりた気持ちになる。女性の心情や主題を忘れるわけではないが、茄子の光景に見とれてしまうのだ。「待つ女」（一九七一年）は、いっそう単純なつくり。電話を待つ女性の心理を内側からきめこまかく書いていく。待つ間に、電話機が膨れあがり、また元に戻るなど、待つ人の長い時間は起伏に富む。誰にも「通じる」話だろう。

「小石」（一九七二年）は、裕福な暮らしの女性が、川で見つけた小石をきれいだと思い、家まで運ばせるが、朝になると興味をなくし、もとの浅瀬に返しにいく。「同じ人間よ」という周りの人のことばや、女性が自分で小石を捨てに行くところに、隠れた力点があるのだろうが、ドラマとしては平淡で、特別な印象はない。ヒロインの心に深入りしないことに妙味があるのだろう。掌篇のよさの一つは、この「小石」のような希薄さ、簡素さにあるのだ。そんな風に少しずつ思えてくる。

「三人の警官」（一九七四年）は、「何年に一度しかない議論というもの」をした酒場の場面から始まる。青年たちと、戦争を知る世代のやりとりは、断片ながら世代の相違をみごとに伝えている。社会が映し出されるという点で、収録作のなかで異彩を放つ。議論のさなか、三人の警官が現れ、「遅いから、もう帰ってください」という。「巡査は三人いるのだが、狭い入口なので、重なり合うようになっている」と描写。この一節が特にすてきだとぼくは思い、何度も読み返した。ただちょっとのぞいて、消えていく三つの人影は、これからも消えないと思うほど鮮やかな残像となる。「死んだ兵隊さん」（一九七七年）も楽しい作品だ。デッド・ソールジャー（アメリカのスラングで空瓶のこと）になった主人公。その空洞の体に、水が注ぎこまれる最後の場面は、唐突なのに自然なおかしみがにじむ。いくつかのことが混在し、バランスがとれていないが、むしろアンバランスなところが掌篇のよさなのだと思えてくるから不思議だ。

「百の唇」（一九七八年）は、友人・風早平吉に、ヘリコプターに乗せられて、唇のとても大きな女性の家に連れていかれる話。この友人と「つき合っていると、ほかの知人たちと過す時間に比べてどこか調子が違う」とあるが、このなにげないことばから面白いことが始まる。スイカとカボチャも出てきて大変なことに。理解をこえる、奇妙なできごとの連続だ。文章は空を飛び、音楽のように流れていくので心地よい。二人が揉み合い、ヘリコプターが揺れる場面も、レコードの針が飛んだのだと見ればよいのかもしれない。

「コーヒーをどうぞ」（一九八一年）は、角砂糖の視点から描いた寸劇。女がシュガーレスの粉末を好むようになったので、見捨てられると思った角砂糖の「わたし」は、戸棚の隙間にいる白墨に、粉のふりをしてほしいと頼むのだ。その対話。

〈「粉のふりをしろ、といったって、おれはこういう形をしているから、おれなのさ。おれはおれなのだから、そんなの厭だ」
「そんな考え方は、もう古いのよ。お願いよ」〉

この「そんな考え方は、もう古いのよ」という角砂糖のことばが絶妙だ。物同士でこんな会話が飛び出すとは思わなかった。「光の帯」（一九八二年）では最後の出し物に、おどろく。最初の時点でどんなに想像しても、電光ニュース板の登場は予測できない。「赤い崖」（一九八二年）の女性は、すでに裸身。でもさらに「透明な皮のようなものを一枚、脱ぎ捨てたような気がする」とある。女性の神秘性を輝かせる。だからといって、こちらはどうしたらいいかわからないけれど、ともかく目を凝らしたい場面だ。

「夢の車輪」（一九八三年）は、現実を踏みつぶして別のものに変えたり、ものごとを一旦止めてくれる「夢の車輪」なるものが出てくる話。「その車輪はゆっくり回りながら、軀を掠めて動いてゆく。その半透明の車輪は、さまざまなものをすべて嚥みこんで、一瞬虹の七色に光った」。こんな車輪を一つ欲しいけれど、なかなか出てこないと思ういっぽう、もしかしたらやって来るかもしれないと、ぼくも期待してしまう。というわけで、主な作品をひとめぐりしてみたが、感じたことは多岐にわたるので、共通する感想のようなものをもてない。掌篇とはいったいなんだろうか。

掌篇は、小さくて短いので、それだけで愛らしい。長さをもって展開する小説がいまは支配的だ。でも小説は文字通り、小さなもので十分であるのかもしれない。確たる世界をつくれるのだと思う。吉行淳之介は一つの未来を掌篇に託したように思われる。

形式だけではなく、登場する人たちも愛らしい。「蛾」（一九七七年）と「灰神楽」（一九八二年）の少女は、「童謡」の少年につながるものがある。「コーヒーをどうぞ」の角砂糖と白墨も、かわいらしい。「夢の車輪」を待つ主人公も、どこかよわよわしくて可憐だ。「赤い手袋の片方を、拾っただけなのに」とつぶやいたりして。そこには愛らしさだけではなく、ときに、ほの暗い気分も加えられている。だが可憐さを感じさせる人影は、読む人の胸にとどまることになるだろう。それだけで十分に笑顔になれるもの、表情を味わえるもの、すなおな心と、事物。それらに向ける柔らかい視線が、掌篇の一面を支えている。それは文学をよりゆたかなもの、身近なものにするために欠かせない要素である。

主に掌篇を収めた単行本、あるいは文庫版のあとがきなど（ともに本書に再録）を読むと、吉行淳之介は掌篇という小説の形態について、それこそ「夢」をもっていたことがわかる。「夢」にとどまらず、実際に掌篇に対する興味と意識を持ちつづけた。書くこと、書きつぐことに意欲的だった。では掌篇は、長篇や中篇、短篇を組み立てるための素材の一部なのだろうか。それとも土台、練習台なのだろうか。どうもそうではないようだ。

掌篇には、掌篇でしか書くことのできない、あるいはそこでしか生まれないものがあることを、かなり早い時期に、吉行淳之介は感じとったのだと思う。どこを見ても不自由な点の多い、掌篇という文学の舞台。そこではできることより、できないことのほうが多いのに、心を引きよせる特別な魅力があるのだと思う。

形式的にいちばん近い短篇であれば、人物やことがらについて、一定の距離が必要になる。決まりはないものの、作品の首尾をととのえるために、そうしなければならない。でも掌篇は、とても小さな空間なので、距離をとるゆとりなどない。わずかなことしかできない。だからいま自分のもとに飛来したイメージや、知覚をもとにした、人間の見方、感じ方を、そのままの形で、すなおに表現してみる。それはいわば無為の、純粋な営みである。何もなしえないこと。そのなかに浸る楽しさもあるだろう。吉行淳之介の掌篇は、そんな時間を通って生まれた。作品の印象はどれも、とても静かだ。きれいだ。

（あらかわ・ようじ　現代詩作家）

初出／底本一覧

肥った客＊　「小説新潮」一九六一年八月（艶話ふたつ）／『百の唇――吉行淳之介掌篇小説選』（一九八二年、講談社）
眼鏡の女＊　同前
西瓜を持つ女　「別冊文藝春秋」一九六三年九月／全集③
追跡者　「サンデー毎日」一九六四年一月／『吉行淳之介短編全集』（一九六五年、新潮社）
食卓の光景　「文藝」一九六五年三月／全集③
目覚時計＊　「オール讀物」一九六六年四月（夢三つ）／『菓子祭』（一九八一年、角川文庫）
試験　同前
それは誰　同前
歯　「話の特集」一九六七年六月／全集③
その魚　「文藝」一九六八年八月／全集③
花畠＊　「話の特集」一九七〇年六月／全集③
紺色の実＊　「群像」一九七一年一月／全集③
蠅＊　同前
古い家屋＊　同前

楽隊の音＊　「文學界」一九七一年一月／全集③
一見猥本風＊　「オール讀物」一九七一年三月／全集③
暗い道＊　「小説新潮」一九七一年八月／全集③
待つ女＊　「オール讀物」一九七一年八月／全集③
小石＊　「文藝春秋」一九七二年二月／全集④
薬＊　同前
壁　同前
鞄の中身　「すばる」一九七三年十二月／全集④
三人の警官＊　「海」一九七四年七月／全集④
パーティー＊　「文藝」一九七四年九月／全集④
あいびき＊　「小説現代」一九七六年一月／全集④
片方の靴＊　「面白半分」一九七六年三月／全集④
満月　「小説サンデー毎日」一九七六年十月／『菓子祭』（一九七九年、潮出版社）
扉のむこう　「いんなあとりっぷ」一九七七年六月／全集④
蛾＊　「小説推理」一九七七年七月／全集④
鮭ぞうすい製造法　「いんなあとりっぷ」一九七七年七月／全集④
雨傘＊　「いんなあとりっぷ」一九七七年八月／全集④
死んだ兵隊さん＊　「いんなあとりっぷ」一九七七年九月／全集④
手術＊　「いんなあとりっぷ」一九七七年十月／全集④
サンタクロース＊　「いんなあとりっぷ」一九七七年十二月／全集④

粘土合戦　「野性時代」一九七八年一月／全集④
百の唇＊　「小説現代」一九七八年二月／全集④
卵　「いんなあとりっぷ」一九七八年七月／全集④
コーヒーをどうぞ　「ショートショートランド」一九八一年四月創刊号／『三角砂糖』（一九八六年、講談社）
途中の家　「文藝春秋」一九八二年三月／全集④
光の帯　「文藝春秋」一九八二年四月／全集④
白と黒　「文藝春秋」一九八二年五月／全集④
台所の騒ぎ　「文藝春秋」一九八二年六月／全集④
灰神楽　「文藝春秋」一九八二年七月／全集④
赤い崖　「文藝春秋」一九八二年八月／全集④
鏡の裏　「文藝春秋」一九八二年九月／全集④
笑う魚　「文藝春秋」一九八二年十月／全集④
秩父へ　「文藝春秋」一九八二年十一月／全集④
影との距離　「文藝春秋」一九八二年十二月／全集④
謎　「文藝春秋」一九八三年一月／全集④
夢の車輪　「文藝春秋」一九八三年二月／全集④

底本は『吉行淳之介全集』（新潮社、一九九七〜九八年）とし、全集未収録作品や構成が大幅に変更された作品については初刊本や作品集等を用いた。『百の唇』収録作品には＊を付した。

編集付記

一、本書は著者の掌篇小説五十篇を発表年代順に一冊にしたものである。著者は、自著の「あとがき」等で掌篇五十篇の執筆についてくりかえし述べており、編集部ではその発言に従い、本書を企画した。中公文庫オリジナル。

一、編集にあたり、『百の唇――吉行淳之介掌篇小説選』（二十三篇）および『夢の車輪――パウル・クレーと十二の幻想』（十二篇）を基本とした。上記二著以外からの作品選定については、発表時期の起点を『百の唇』所収の最も古い作品（「肥った客」一九六一年八月）とし、文字数の上限を最も長い作品（「眼鏡の女」六千字程度）を目安とした。この基準に基づき『菓子祭』『鞄の中身』等より作品を採録した。

一、底本中、明らかな誤植と考えられる箇所は訂正し、振り仮名を整えた。

一、本文中に今日の人権意識に照らして不適切な語句や表現が見受けられるが、著者が故人であること、執筆当時の時代背景と作品の文化的価値を考慮し、底本のままとした。

中公文庫

吉行《よしゆき》淳《じゅん》之《の》介《すけ》掌篇《しょうへん》全集《ぜんしゅう》

2024年2月25日　初版発行

著　者　吉行《よしゆき》淳《じゅん》之《の》介《すけ》

発行者　安部順一

発行所　中央公論新社
〒100-8152　東京都千代田区大手町1-7-1
電話　販売 03-5299-1730　編集 03-5299-1890
URL https://www.chuko.co.jp/

ＤＴＰ　ハンズ・ミケ
印　刷　三晃印刷
製　本　小泉製本

Published by CHUOKORON-SHINSHA, INC.
Printed in Japan　ISBN978-4-12-207487-3 C1193